Lúcia Machado de Almeida

XISTO NO ESPAÇO

Série Vaga-Lume

editora ática

Xisto no espaço

Coordenadora de revisão Ivany Picasso Batista

ARTE
Layout de capa Ary Normanha
Capa e ilustrações internas Mário Cafiero
Diagramação Regina Iamashita

CIP-BRASIL. CATALOGAÇÃO NA FONTE
SINDICATO NACIONAL DOS EDITORES DE LIVROS, RJ

A445x
20.ed.

Almeida, Lúcia Machado de, 1912-2005
Xisto no espaço / Lúcia Machado de Almeida ; ilustrações Mário Cafiero. - 20.ed. - São Paulo : Ática, 2010.
112p. : il. - (Vaga-Lume)

Contém suplemento de leitura
ISBN 978-85-08-00117-0

1. Ficção científica. 2. Literatura infantojuvenil brasileira. I. Cafiero, Mário, 1951-. II. Título. III. Série.

10-2048. CDD: 028.5
CDU: 087.5

ISBN 978 85 08 00117-0 (aluno)
CL 732667
CAE 230029

2024
20ª edição
10ª impressão
Impressão e acabamento: Log&Print Gráfica, Dados Variáveis e Logística S.A.

Av. das Nações Unidas, 7.221 – CEP 05425-902 – São Paulo, SP
Atendimento ao cliente: 4003-3061 – atendimento@aticascipione.com.br
www.aticascipione.com.br

UMA AVENTURA NOS CONFINS DO UNIVERSO

O terrível Rutus, "o que não tem sangue", senhor do planeta Minos, envia uma mensagem ameaçadora para nossa galáxia: exige que Xisto vá se encontrar com ele — ou a Terra será destruída. Juntamente com seu inseparável amigo Bruzo, o jovem herói resolve descobrir as intenções do inimigo, partindo para o espaço em sua astronave.

Inicia-se assim uma sequência incrível de aventuras, com uma emocionante batalha entre as forças do Bem e do Mal. Esta é mais uma história sensacional de Lúcia Machado de Almeida, que, ao lado de ***Aventuras de Xisto*** *e* ***Xisto e o pássaro cósmico,*** *consagraram a escritora junto ao público jovem do Brasil e do exterior.*

Prepare-se. Este romance emocionante vai deixá-lo sem fôlego até a última página.

CONHECENDO **LÚCIA MACHADO DE ALMEIDA**

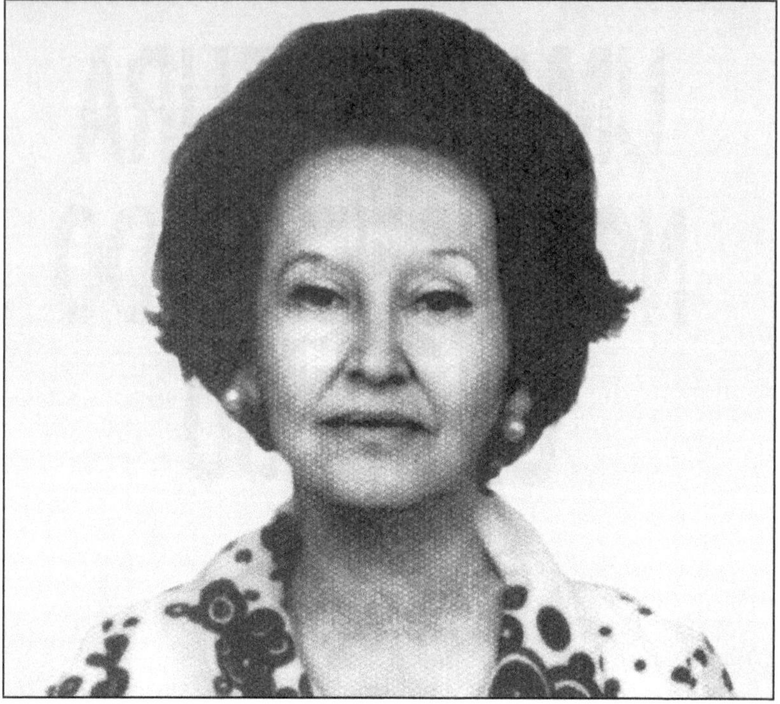

A autora das fantásticas aventuras intergaláticas de Xisto, Lúcia Machado de Almeida, nasceu na fazenda Nova Granja, município de Santa Luzia, Minas Gerais. Ainda criança, mudou-se para Belo Horizonte. Estudou literatura, história da arte, línguas, piano e canto. Pertenceu a uma família de intelectuais: era irmã dos escritores Aníbal Machado, Paulo Machado e Carolina Machado, tia de Maria Clara Machado e cunhada do poeta Guilherme de Almeida. Além de escritora consagrada, foi também jornalista profissional, colaborando em diversos jornais e revistas. Com sua obra dedicada ao público jovem, conquistou vários prêmios literários. Faleceu em 2005.

Lúcia Machado de Almeida

XISTO NO ESPAÇO

A meu filho Fernando, que
me ajudou a escrever este livro

XISTO NO ESPAÇO

UM silvo agudo, estranho, foi captado pelo gigantesco radiotelescópio do país de Xisto... De que parte do Cosmos, meu Deus, teria vindo aquele som misterioso, diferente de tudo o que até então ouvidos humanos jamais haviam escutado? Depois, no grande prato receptor, outro ruído: Blip... Blip... Blip... Blip... E, periodicamente intercalado, o mesmo silvo triste, prolongado, distante. Distante, não no espaço apenas, mas no tempo, como se houvesse sido emitido há milhões de anos! Minutos depois, perto do aparelho, dois astrossábios repetiam várias vezes a gravação dos ruídos registrados pela fita magnética, e tentavam avidamente decifrar o resultado final dos dados obtidos.

— Não me parece coisa boa! — comentou Protônius, de coração aos pulos.

Tratava-se de um homem alto e magro, de óculos com aros de tartaruga e cabelos semicompridos, sempre revoltos. Vivia inventando coisas esquisitas, e tinha fama de doido (mas não era). Súbito, o velho Professor Van-Van — o sábio dos sábios — começou a empalidecer. Foi indo, foi indo, e caiu duro no chão. Ao voltar a si do rápido desmaio, sentiu tal desespero que começou a correr de um lado para outro, e a puxar os cabelos da barba, uma barba virgem, comprida e branca que chegava até o chão, crescida e encanecida durante anos e anos de penosos estudos, experiências e complicados cálculos. (Como doesse muito e nenhum fio caísse, o Professor desistiu de puxar o imenso cavanhaque...)

Perto do aparelho, dois astrossábios repetiam várias vezes a gravação dos ruídos registrados pela fita magnética.

— Protônius — murmurou Van-Van, com voz grave e trêmula. — Eis que chegou o ponderoso momento arquitemido desde pretéritas centúrias! (Como o sábio falava difícil, arre!. . .) Focalize convenientemente em suas retinas, e veja a horrenda mensagem que acabo de decifrar: "CASO XISTO NÃO VENHA ATÉ MINOS, ATACAREMOS VOSSO PLANETA QUANDO ESTE SAIR DE SEU EIXO. INÚTIL REAGIR. (Assinado) RUTUS, O QUE NÃO TEM SANGUE, SENHOR DE MINOS".

Os cabelos de Protônius ficaram em pé, formando uma espécie de mitra de bispo em sua cabeça. Minos. . . Minos. . . Ah! Tratava-se daquele planeta distante, perdido no céu estrelado, e algumas vezes examinado no telescópio eletrônico. Pouca coisa se sabia dele, apenas que tinha atmosfera mais ou menos semelhante à da Terra, e que, como esta, possuía ciclo de dias e de noites. O que mais intrigava e aterrorizava os dois sábios, entretanto, fora a definição que Rutus dera de si mesmo: "O QUE NÃO TEM SANGUE". Sangue. . . o maravilhoso fluido secreto que alimenta as células, renova os corpos, e liga entre si os seres vivos. . . Como poderia alguém viver sem ele? Que espécie de substância teria então nas veias o diabólico e misterioso ser? Rutus raciocinava, possuía inteligência. . . era vivo, portanto! E, além de tudo, sabia da existência de Xisto! Xisto. . . o jovem, o bem-amado soberano do país, o nunca assaz louvado cavaleiro andante, o mais medalhado herói da crosta terrestre, o destruidor do "Homem Planta", de "O Que Vê Sem Ser Visto", o de "O Senhor do Tempo"! [1] Ah! Rutus deveria ter sabido (ninguém compreendia como) que Xisto seria o intransponível dique à sua sede de cósmico poder e o único obstáculo à invasão dos minositas. . . Exigindo a presença dele, desejava exterminá-lo, atirando-o aos terríveis perigos do Espaço, e atraindo-o a seu infernal planeta. Não! O povo do País jamais deixaria que seu adorado Chefe se sacrificasse a tal ponto! Que viessem os

[1] Ver *Aventuras de Xisto.*

minositas! Mas... como chegariam? Desceriam em naves espaciais, ou alterariam a invisível e harmoniosa rede magnética do espaço, onde se baloiçavam astros e planetas, desviando Minos de sua rota, até que este se chocasse com a Terra? Ainda em pânico, Protônius comentou com seu colega:

— Os minositas devem estar cientificamente muito adiantados, pois do contrário não possuiriam aparelhos que lhes permitissem captar nossas vozes, aprender nossa língua e saber da existência de Xisto.

— Entretanto — comentou o pernóstico Van-Van — apesar disso, os selvagíneos seres obviamente estarão nos primórdios da evolução espiritual. Esse tal Rutus é um nauseabundo, ainda que humano conglomerado cósmico!

Protônius tirou o dicionário que sempre trazia no bolso quando conversava com o Professor, a fim de traduzir certa palavra que ele não entendera.

— Mestre — continuou ele —, para agravar a desgraça, não sabemos ao certo o dia da invasão pois Rutus a anuncia para quando nosso planeta sair fora do eixo. E os aparelhos já começam a registrar esse desvio!

Van-Van, que apesar de toda a sabedoria, era sujeito a faniquitos, caiu duro no chão outra vez. Acostumado com isso, Protônius esperou que o cientista voltasse a si. Quando este recobrou os sentidos, seu companheiro disse, ainda debaixo de forte emoção:

— Só mesmo Xisto poderá resolver o caso! Corramos ao Palácio antes de tudo!

* * *

Depois de ouvir, perplexo, a gravação dos ruídos cósmicos com a explicação dos astrossábios, Xisto tomou um ar grave e, silencioso, saiu para o parque do palácio, a fim de raciocinar. Continuava o mesmo Xisto idealista e guloso de sempre, louco por pastéis de queijo. O poder que o povo lhe colocara nas mãos, não lhe roubava a maravilhosa e comunicativa simplicidade. Seu rosto extremamente jovem — tinha apenas dezessete anos — adquirira, entretanto, um ar ainda mais sonhador, pois ele só pensava numa coisa: servir cada vez mais o seu povo e sua terra. Alarmado com a mensagem de Rutus, Xisto reuniu o seu Conselho de Ministros a fim de discutir o grave assunto.

— Tentarei chegar até Minos antes da invasão! — anunciou ele solenemente. — Será essa — bem o sei — a mais difícil das missões, mas... Deus me ajudará!

Van-Van e Protônius tentaram em vão convencê-lo da loucura que isso significava. Antes de mais nada, haveria o perigo do próprio Espaço em si: as mortíferas faixas de radiação, o desequilíbrio fisiológico dos astronautas, a barreira do calor, a falta de gravidade. E, depois disso... o Mistério: a incerteza de chegar até Minos, o encontro com planetas de atmosfera irrespirável, sem nenhum sinal de vida, ou — quem sabe? — talvez habitados por seres primários que beberiam metais liquefeitos, em cujas veias circularia o ácido cianídrico! E havia Rutus! Xisto, entretanto, não voltou atrás: tentaria ir a Minos de qualquer jeito, levando consigo Bruzo, seu fiel, barrigudo, forte e simplório escudeiro. Ao receber o convite, este emburrou e olhou apavorado para seu amo.

Em poucos minutos Xisto distribuiu as tarefas e pediu a Van-Van que planejasse e executasse os trajes pressurizados e o foguete que poria em órbita a nave espacial destinada a viajar no Cosmos. A ele caberia também o encargo de preparar as condições de vida semelhantes às da Terra dentro do navio cósmico.

— Faço questão de levar pastéis de queijo — recomendou Xisto com seriedade.

Ai dele! Jamais poderia adivinhar em que inconcebível e dramática situação o mais perverso dos seres interplanetários iria lhe oferecer um dia seu prato predileto! Depois de uma semana de excitação e rebuliço entre o povo da cidade, ficou tudo preparado: o traje mais ou menos semelhante a um escafandro, com bolsos infláveis destinados a conter o fluxo sanguíneo sobre os membros inferiores a fim de que os astronautas pudessem suportar os efeitos da aceleração; o foguete; a nave interplanetária e a obra-prima de Protônius: uma pequena caixa de bolso, na qual conseguiria reunir em miniatura, ainda que em alta potência, os aparelhos de que Xisto teria necessidade no Espaço ou nos planetas que visitasse: um "ouvido eletrônico", que captava e ampliava toda radiação emitida por qualquer objeto do Universo; um contador Geiger, para medir radioatividade; um radioemissor para enviar informações à Terra, com sistema de televisão para captar imagens e retransmiti-las ao observatório terrestre, um espectômetro para a análise química da matéria encontrada nos planetas e, finalmente, um fabuloso "olho eletrônico" que permitiria a Xisto ver e examinar o Espaço Cósmico a vários quilômetros de distância, bastando para isso apertar um dos botões, o que faria imediatamente surgir, amplificada, a imagem de paisagem espacial captada numa espécie de telinha de televisão. Infelizmente, o raio de ação do "olho eletrônico" era limitado, inconveniente que Protônius não conseguira superar apesar de ter passado sete dias e sete noites em jejum, sem dormir, e mais descabelado que nunca, fazendo cálculos, desde que fora recebida a mensagem de Rutus. Radiante com tanta habilidade, Xisto quis recompensá-lo com trilhões de "pazuzas" (dinheiro, na língua do País), mas o sábio não as aceitou.

— Nada mais fiz do que meu dever — disse ele. — Sentir-me-ei premiado se meu invento puder ser útil ao mais generoso dos jovens.

Xisto guardou o observatório mirim numa espécie de saquinho secreto, adaptado ao próprio peito e do qual não pretendia se separar nunca. Além de alguns vidrinhos e embrulhinhos misteriosos, colocou lá dentro um tubo no qual se podia ler em letras grandes: "TREMINHOL", COMPRI-

MIDOS INOFENSIVOS, INDICADOS PARA MEDOS SÚBITOS (COM OU SEM TREMURAS).

A fim de tornar respirável o ar no interior da astronave, o Professor Van-Van preparara um recipiente com soda cáustica, clorato, peróxido de potássio e outros produtos destinados a absorverem o gás carbônico eliminado pela expiração, e a fabricarem o oxigênio necessário à respiração. Além disso, uma espécie de aquário cheio de algas unicelulares foi colocado no mesmo lugar, a fim de reforçar a purificação da atmosfera, pelo mesmo processo de absorção do anidrido carbônico e transformação deste em oxigênio. As algas deveriam multiplicar-se rapidamente, garantindo aos astronautas não só uma respiração saudável, como também uma alimentação adequada.

— E se as algas encruarem? — comentou Bruzo, desconfiado como sempre.

— Alijai do *substractum* de vosso ego tão lúridas conjecturas! — retrucou Van-Van, tentando levantar o moral do gordíssimo Bruzo. — Saiba, ó formidolosa criatura, que tal providência foi determinada após consultas a incunábulos de fotossíntese, verdadeiros ergástulos do humano saber! — Bruzo ficou na mesma. . .

— Esse cara fala tão difícil que enche a gente! Nossa! — disse ele quase alto, afastando-se.

Biscoitos de alga foram preparados para a alimentação dos astronautas, e Van-Van teve o requinte de condensar pastéis de queijo (gulodice predileta de Xisto) em pastilhas, para que ele as saboreasse na viagem. Protônius instalou na cabina do navio espacial, e em tamanho conveniente, um completo observatório cósmico. A fim de evitar que Rutus — através do potentíssimo "ouvido eletrônico" que deveria existir em Minos — continuasse a captar os ruídos e conversas da Terra (cuja língua sua diabólica inteligência conseguira descobrir) foi tomada uma resolução da maior importância: após a partida de Xisto, a população do País só conversaria em código. E ficaram todos em suas casas, tentando estudar as palavras novas contidas num dicionário inventado às pressas pelo próprio Xisto, e distribuído em silêncio entre cada um dos habitantes. Por sua vez, ficou também decidido que fossem em código secreto as mensagens que os dois astronautas enviariam à Terra.

Novo aviso de Rutus, idêntico ao primeiro, foi captado pelo radiotelescópio na véspera da partida de Xisto, o que ainda mais aumentou a tensão geral.

* * *

Finalmente chegou o esperado dia. Achava-se o cosmoporto tão cheio de gente a ovacionar Xisto (já em código), a querer abraçá-lo prometendo orações pelo sucesso da empresa, que ele e Bruzo tiveram de ser transportados por meio de enorme guindaste até a torre do foguete. Por fim, subiram os astronautas e chegaram até uma plataforma elevada, de onde por meio de escada passaram à cabina. Esta tinha forma oval e possuía duas camas de molas confortáveis, nas quais Xisto e seu amigo se deitaram de costas, sendo fortemente amarrados, para que não sofressem os efeitos da inércia.

— E lá vamos nós atrás de Rutus, "O Que Não Tem Sangue"!... Os dois piradinhos... — comentou Bruzo.

A porta blindada foi hermeticamente fechada e Xisto cerrou os olhos, entregando seu destino a Deus. Chegou o momento. O povo, emocionado, conservou-se em silêncio profundo, enquanto o Professor Van-Van dava o sinal de partida.

— Nove... oito... sete... seis... cinco... quatro... três... dois... e... desprendeu-se o foguete, subindo em linha reta pelo espaço afora...

Não suportando a tensão nervosa, Van-Van caiu novamente duro no chão. E ficou tão pesado, que não o puderam carregar: tiveram de arrastá-lo pelo cavanhaque e transportá-lo de guindaste até o observatório.

Partira Xisto, enfim, para a GRANDE AVENTURA!

OS MISTÉRIOS DO COSMOS

LÁ se foi o foguete rumo ao Espaço! No primeiro segundo, subiu cinco metros: no seguinte, quinze; no terceiro, cinquenta, e assim por diante. A rápida e crescente aceleração provocou em Bruzo uma terrível sensação de esmagamento. O peso de ambos tivera um aumento aparente de... trezentos quilos cada um! Deitados em posição perpendicular ao eixo do foguete, os dois amigos tentavam suportar a pressão sem perder os sentidos.

— Tudo legal — conseguiu Xisto dizer em código, ainda que em voz ofegante, no microfone instalado perto da boca.

Três minutos depois ouviu-se um alto e profundo suspiro: o primeiro estágio do foguete terminara a sua combustão e desprendera-se, caindo em direção à Terra. Um novo impacto sacudiu os astronautas: o segundo estágio começara a funcionar automaticamente. Foram tremendos aqueles três minutos! O pulso de Xisto acelerou-se e, todo crispado, ele sentiu que a vista lhe escurecia. Estava prestes a ter uma síncope! Seu peso agora aumentara... setecentos quilos... Afundado no colchão, Bruzo curtia em silêncio o mais pavoroso dos medos. A astronave fora lançada de oeste para leste, a fim de aproveitar a direção e a velocidade de rotação da Terra. Pelo periscópio com espelho orientável, Xisto, mesmo perturbado como estava, via do leito o seu

Planeta se distanciando, redondo e solto no Espaço, rodeado por uma cinta alaranjada, depois azul-pálida e, em seguida, azul forte. (Como já estavam longe Protônius, Van-Van e sua gente!) Um minuto depois, surgiu a face escura do céu feericamente constelado de estrelas que, devido à falta de atmosfera, ainda mais claras se tornavam. Um enorme disco, branco e luminoso como nunca, apareceu sem a auréola que o circunda, quando visto da Terra: o Sol. Dominado pelo mal-estar que sentia, Xisto nem pôde observar aquele espetáculo que lembrava um fantástico cenário de teatro! Subitamente parou o ronco dos motores. A nave abandonara o segundo estágio. Fez-se um silêncio total, e tudo ficou leve... leve... As duas barreiras do calor e da gravidade tinham sido vencidas: a primeira, provocada pelo atrito do ar graças ao material isolante que Van-Van empregara na construção do aparelho; a segunda, devido ao poderoso combustível utilizado, e que conseguira impulsionar os foguetes. Estavam entrando gradativamente no espaço sideral. Os dois amigos não mais sentiam o próprio peso, e tiveram a sensação de que seus leitos se afrouxaram como se houvessem caído num imenso poço sem fundo... Apertando um simples botão, os cintos que os atavam às camas se soltaram, e eles saíram para fora. Que horror!... Não conseguiram "tomar pé"! A perda de peso tivera como resultado o desaparecimento da noção de "embaixo" ou "em cima", de direita ou esquerda. Ambos flutuavam no ar em posições inteiramente ridículas! Boiando virado ao contrário, Bruzo parecia estar "plantando bananeira"... Que situação!... Quando Xisto tentava estender os braços para a frente, via-se projetado para trás. Foi uma luta até que os dois conseguissem agarrar as alças que havia nas paredes da cabina, para servirem de ponto de apoio. Felizmente a parte interna da astronave era acolchoada, a fim de evitar que movimentos bruscos provocassem choques e ferimentos. Van-Van tivera a boa ideia de munir os calçados dos astronautas de ferraduras fortemente imantadas, as quais, atraídas pelo piso metálico, permitiam que eles pudessem andar sobre os pés e não sobre a... cabeça. E, aos poucos, acabaram se acostumando com a imponderabilidade. Xisto e Bruzo puderam, enfim, transformar os leitos em poltronas, desembaraçando-se dos escafandros interplanetários.

As algas e as instalações automáticas condicionavam o ar e o calor dentro do navio, reconstituindo artificialmente, por assim dizer, a atmosfera e a temperatura da Terra. E lá ia a nave, agora mais lentamente, rumando em direção a Minos. Dias... meses... um ano... dois... sabia-se lá quanto tempo iria durar aquela aventura! Maravilhado, Xisto admirava, através do periscópio, a paisagem sideral. Súbito, Bruzo olhou para o companheiro e deu um grito: os cabelos de seu amigo, num segundo, haviam-se tornado brancos como neve.

— Tre... Tre... Tre... Tre... Mi... Mi... Mi... Mi... Nho... Nho... Nhol!... — gaguejou Bruzo, pedindo o calmante.

Absorto em seus pensamentos, Xisto não percebeu o que acontecera consigo mesmo e não escutou o ruído característico do contador Geiger que oscilava, acusando a presença de radioatividade.

— Ó Bruzo — disse ele. — Que sambinha é esse que você está solfejando aí? Telecoteco ou Bossa-Nova? É em mi bemol?

Ao olhar para o amigo, entretanto, viu que a cabeleira dele embranquecera subitamente e compreendeu tudo.

— Que droga! Ficamos... radioativos!... Estamos atravessando as tais faixas de Van Allen! — exclamou ele, excitadíssimo.

— Treminhol, depressa! — gritou Bruzo, descontrolado.

— Vamos pôr depressa os escafandros para nos protegermos contra a radioatividade! — ordenou Xisto, enfiando depressa um comprimido calmante na boca de Bruzo e vestindo o traje espacial.

O contador cessou de oscilar pouco depois.

— Passou o perigo — disse Xisto, aliviado, libertando-se do escafandro. Mas como estamos ridículos assim com cara de bebês e essa cabeleira branca... Cinco minutos depois, o contador Geiger começou a funcionar novamente.

— Outra nuvem carregada de estrôncio-90, meu Deus! — comentou Xisto.

Tratava-se apenas de um resto da faixa radioativa que se desgarrara, e passou logo. Uma coisa esquisita acontecera, entretanto: os cabelos dos astronautas inexplicavelmente haviam voltado à cor natural. Deveria ter sido muito forte aquela primeira concentração de estrôncio-90, pois uma pequena parte dela conseguira atravessar as paredes isolantes do navio cósmico. A um canto, sobre um recipiente de água, boiavam as algas. Xisto provou-as e fez cara feia: tinham gosto de feijão cru... Entretanto, deveria acostumar-se a elas, pois seriam seu único alimento, depois que terminasse o estoque de caldos e comprimidos de pastéis de queijo, que trouxera da Terra. Os cosmonautas conversavam sempre em código, pois...

* * *

Longe no Espaço, num planeta dominado pela maldade, RUTUS, "O Que Não Tem Sangue", de ouvidos alertas e olhos fechados para maior concentração, tentava captar os sinais de radar vindos do Cosmos, da Terra, especialmente... Os sons, agora indecifráveis, confundiam-se em seus tímpanos, irritando-o a ponto de ter convulsões de ódio. Seu poderoso instinto, entretanto, fazia-o pressentir que Xisto já estava a caminho de Minos.

E assim, dentro da nave espacial, iam se passando os dias e noites. Dias e noites? Não: o Tempo, apenas, pois das vigias da cabina, Bruzo e Xisto viam as duas coisas, simultaneamente. De um lado, o céu profundamente negro, pontilhado de estrelas; do outro, uma espantosa festa de luzes e de cores, tudo variando de acordo com a posição da astronave em relação ao Sol. Bruzo cuidava das algas, da alimentação e do conforto de Xisto, que passava quase todo o tempo fazendo cálculos e examinando uma carta estelar preparada por Van-Van, onde estava registrada a posição de Minos, em relação à Terra, ao planeta Nívea, e a um planetóide de baixa gravitação, conhecido por Grunus. Como medida de precaução, Xisto combinara com o sábio o seguinte: ele, Xisto, comunicar-se-ia pouco com o observatório terrestre ainda que sempre em código — a fim de anular a espionagem de Rutus.

— Que tal um pequeno passeio no vácuo? — perguntou subitamente Xisto a seu amigo. — Não é uma boa?

— No vácuo? Fora da nave?

— Sim, fora da nave. Vamos vestir a nossa roupa espacial.

Bruzo concordou, intrigado e, como Xisto, muniu-se da aparelhagem suplementar necessária: uma pequena garrafa de oxigênio; um farolete, para ser utilizado, caso necessário, na parte não iluminada pelo Sol; uma pistola pneumática, que permitisse a seu dono deslocar-se no vácuo, fora do satélite, utilizando-se da força de reação produzida pelos tiros. Como já foi dito, Van-Van forrara a roupa dos cosmonautas com chapas metálicas isolantes contra radiações e, além disso, fizera-as onduladas e flexíveis nas articulações para facilitar os movimentos. Com os motores parados, a astronave dava a impressão de continuar sempre no mesmo lugar, se bem que continuasse em movimento uniforme. A porta blindada foi aberta, e Bruzo e Xisto saíram, ficando soltos no Espaço, boiando no vácuo... Talvez tenha sido essa a mais profunda sensação que Xisto experimentara em toda a sua vida! Estava em pleno Infinito, na Eternidade, por assim dizer, como se fosse, ele próprio, um asteroide. Um pequeno astro vivo, sujeito à fragilidade do corpo físico, um átomo infinitesimal no Espaço... Protegidos pela roupa espacial, eles não sentiam a poeira radioativa e nem a chuva de partículas de hidrogênio, hélio, cálcio, sódio e titânio que caía sobre eles. Ainda que "vagando" na parte escura, estavam sujeitos aos danos causados pelos raios infravermelhos emitidos pelo Sol, e que lhes poderiam queimar as retinas, cegando-os para sempre. A fim de evitar esse risco, Van-Van lhes colocara na viseira, à altura dos olhos, uma espécie de óculos polaróides cruzados, nos quais a rotação de uma lente sobre outra reduzia a quantidade de luz que passava através delas. Meteoritos, ou estrelas cadentes, riscavam o negrume do céu, vindos do espaço sideral, emprestando ao fantástico espetáculo um aspecto de festa pirotécnica. O planeta Nívea, muito distante, aumentava e diminuía como se fosse uma bola de luz, regulada por célula fotoelétrica.

— É uma curtição, mas não podemos perder tempo. Vamos para o navio — disse Xisto, disparando a pistola pneumática, e utilizando a força de reação obtida pelo tiro para ser impulsionado até a nave, no que foi imitado por Bruzo.

A viagem continuava normalmente, sempre em direção a Minos (tão longe ainda) e Xisto, saudoso de sua gente e do Planeta em que nascera, chegou à conclusão de que o momento era oportuno para se comunicar diretamente com eles. Pelo telescópio eletrônico tentou focalizar a Terra distante, e apenas viu um minúsculo pontinho do tamanho de uma cabeça de alfinete. Teria ele tempo de chegar até Rutus, antes da invasão dos minositas? Pelos cálculos que fizera, a Terra ainda não saíra de seu eixo, mas o desvio ia se acentuando gradativamente, ainda que de modo lento.

Decidido a mandar aos amigos terrestres uma imagem de Bruzo e dele na astronave, Xisto preparou o radiotransmissor, fez os contatos e focalizou o "olho eletrônico" da câmara de televisão, de modo a que este captasse e retransmitisse à Terra uma visão geral do interior da cabine. Xisto estava distraído com essas providências quando sentiu um pequeno puxão, seguido de outros, sacudindo a astronave. Que seria?

— É boa essa! — exclamou Bruzo, já pensando no Treminhol.

Com surpresa e susto perceberam então que a astronave, sempre orientada em linha reta para Minos, mudara de rota e estava sendo dirigida para outro rumo. Teria o diabólico Rutus descoberto o pequeno navio perdido no espaço? Estaria ele porventura tentando interromper-lhe a viagem? E se fosse tudo um estratagema? A hipótese, ainda que possível, era pouco provável, pois o próprio Rutus havia exigido a presença dele, Xisto, em Minos, o que significava desejá-lo vivo em seu planeta. Deveria ter havido algum desarranjo nos foguetes que comandavam a direção. Dito e feito. Um enguiço na parte mecânica os havia inutilizado. Os puxões continuavam, e Xisto, aflitíssimo, foi consultar o mapa espacial, verificando pelo radar e telêmetro que a cosmonave estava sendo dirigida para um planetóide que já estava a curta distância.

— Tre... Tre... Tre... Tre... Mi... Mi... Mi... Mi... Nho... Nho... Nho... Nhol... — começou a gaguejar Bruzo.

— Calma, meu irmão! Numa hora dessas é que conto com os amigos — tornou Xisto, disfarçando a inquietação.

A verdade é que também ele estava apavorado. Felizmente os foguetes de desaceleração continuavam intactos, o que lhe permitia pousar na esfera negra, cujo tamanho aumentava cada vez mais, à proporção que a cosmonave dela se aproximava. Os motores entraram em ação no sentido oposto ao da atração do pequeno planeta, diminuindo a velocidade da nave, permitindo que esta planasse e pousasse sem a violência do impacto. Xisto não tinha outra solução.

Mas que espécie de mundo iria ele encontrar? Seria habitado ou não?

— Vamos pôr nossa roupa pressurizada, Bruzo — disse ele em tom grave, e enfrentemos o que der e vier.

* * *

Diante dos imprevistos, Xisto se esquecera de que o "olho eletrônico" da televisão, sintonizado para a Terra, captara os dramáticos acontecimentos que acabavam de ocorrer, inclusive a aparição do planeta escuro, reproduzido no espelho do periscópio instalado no interior da nave. Protônius, em sinal de aflição, havia feito um propósito diante de si mesmo: até que Xisto voltasse à Terra, não mais cortaria os cabelos. E estes (que já lhe chegavam até à cintura) se levantaram como a cauda aberta de um pavão em torno da cabeça, quando ele viu na tela de televisão o que estava se passando.

— Enclausurados em Grunus, o merencóreo, o caliginoso planeta! — exclamou Van-Van, cada vez mais pedante.

E, mais uma vez... caiu duro no chão.

NO PLANETA NEGRO

XISTO e Bruzo haviam sido atirados num pequeno e estranho planeta de quase nula gravidade, solto no espaço. Dir-se-ia uma ilha no vácuo, sem ritmo de sucessão de dias e de noites. Apesar de semiescuro, uma vez que só recebia uma pequena quantidade da luz solar, existia nele uma certa claridade, proveniente da luminescência das estrelas e da radioatividade da crosta, logo registrada pelo contador Geiger. Assim sendo, os astronautas puderam perceber nitidamente o contorno das coisas. A prudência aconselhara-os a vestirem os trajes pressurizados, pois, de seus aparelhos, Xisto verificara que a atmosfera era rarefeita, com baixa quantidade de oxigênio, argônio e maior teor de gás carbônico. Julgando necessário estabelecer antes de tudo um primeiro contato com o pequeno mundo onde a fatalidade os jogara, Xisto dividiu as tarefas: Bruzo iria, como se diz, "dar uma batida" no planeta para verificar se era habitado ou não, enquanto ele através do espectômetro faria uma análise química da composição do solo.

— Não adianta ficar com medo, meu chapa — disse Xisto pelo microfone. — A situação é crítica, e nós, como homens, temos de enfrentá-la.

— Ah! Xisto — tornou Bruzo. — Eu só tenho muque e dedicação a você. No mais, sou um apavorado de nascença... E se aparecer um grunosita e me agarrar? Que sufoco, meu Deus!

— Você está defendido pelo escafandro. De qualquer modo, trate de proteger a garrafa de oxigênio, senão sentirá um bocado de falta de ar.

Bruzo afastou-se, andando, desanimado, pelo desconhecido chão de Grunus.

Xisto, em vão, tentou restabelecer contato com a Terra. Parecia, entretanto, que o impacto da nave ao "agrunissar", ou talvez mesmo a própria radioatividade, havia inutilizado o radiotransmissor, o radar e o olho eletrônico da televisão. O espectômetro acusou no solo a presença de alguns elementos iguais aos da Terra, com abundância de silício e de certa liga metálica estranha. A crosta era coberta de liquens e de cogumelos gigantes, que lembravam enormes guarda-chuvas. Ainda que ali não houvesse água salgada, uma certa quantidade de algas se desenvolvia junto de pântanos, espalhados aqui e acolá.

O silêncio era profundo, e o planeta tinha um aspecto lúgubre e desolador. Bruzo voltou algum tempo depois, mais esmorecido do que nunca. Não encontrara ser vivo de espécie alguma!

— Vamos dar o fora o quanto antes desta droga de mundinho! — exclamou Xisto. — Tudo depende, entretanto, da gente conseguir consertar o desarranjo nos foguetes da astronave e de colocarmos a dita cuja em posição vertical para a decolagem. Felizmente temos combustível em quantidade. Comida e água também não haverão de faltar. Até meus pasteizinhos de queijo condensados ainda posso curtir!. . .

Os dois estavam exaustos depois de tantas emoções e decidiram tirar uma soneca. Cada qual recostou-se debaixo de um cogumelo gigante, como que procurando uma sensação de abrigo naquele planeta hostil. Dormiram logo. Súbito, Xisto foi acordado por um barulhinho estranho, mas constante. Seria pesadelo? O ruído parava, depois recomeçava outra vez, sempre no mesmo tom. Que seria? Seus nervos andavam tão à flor da pele que parecia tudo um sonho mau apenas. Olhando em todas as direções, nada viu e fechou os olhos, adormecendo de novo. Alguns minutos depois, foi acordado pela voz ofegante de Bruzo: — Tre. . . Tre. . . Tre. . . Mi. . . Mi. . . Mi. . . Nhol. . . — suplicava ele.

— Tá com medo outra vez? — perguntou Xisto, despertando agastado.

— Olhe "aquilo" ali. . . — berrou o outro, apontando para um animal que vinha caminhando lentamente em direção a eles. À luz crepuscular do planeta, Xisto pôde observar a "coisa": tratava-se de um bicho cuja forma lembrava a de um sapo, de mais ou menos três metros de comprimento por dois de largura, com um fino e longo tentáculo no meio do corpo. O animal, que era de cor cinza e possuía olhos fosforescentes, estacou a certo momento, e começou a esgravatar o chão com os dois braços, levantando-os em seguida, à altura da cabeça. Esta era arredondada e ficava bem em cima do corpo achatado e liso.

— Que monstro horroroso! — exclamou Bruzo.

— Vamos ver o que ele vai fazer. De qualquer modo, se nos atacar, estamos garantidos pelos escafandros.

Depois de várias evoluções, o bicho ficou quieto e fechou os olhos.

— Adormeceu — disse Xisto. — Vou aproveitar e dar uma chegada de perto.

Devagarinho, então, foi se aproximando, aproximando, tocou, apalpou os braços duros como os de um cadáver, examinou o... animal e deu um grito:

— Corra aqui depressa, Bruzo! Venha ver o monstro!

O bicho, que lembrava um tanque blindado, nada mais era do que... uma espécie de laboratório semovente para pesquisas científicas, teleguiado através do rádio por criaturas de outro planeta! O veículo, que não tinha ser vivo nenhum a bordo, arrastava-se pelo chão de Grunus, explorando o terreno, comandado à distância. De quando em quando parava, estendia um dos braços de metal, cuja mão agarrava uma pedra ou um torrão de terra, levando-o diante do olho elétrico do aparelho de televisão colocado em cima da máquina, a fim de que, através do vídeo, em algum desconhecido mundo distante, o "operador" longínquo pudesse fazer uma análise fotoquímica do solo de Grunus! Examinando bem o laboratório cósmico, feito de metal ignorado, Xisto descobriu que era alimentado com eletricidade produzida por baterias de acumuladores carregados por células especiais, que transformavam a pouca luz solar que ali existia em energia. Certamente havia sido deixado em Grunus por uma astronave proveniente de algum dos milhões de mundos desconhecidos daquele sistema planetário!

— Pois é isso — disse Xisto. — Esse "bicho" não faz medo. De qualquer modo, precisamos sair o quanto antes deste planeta chato. Vamos tratar de consertar os foguetes o mais depressa possível.

Os dois amigos já tinham terminado o conserto, felizmente mais simples do que pensavam, quando escutaram novo ruído. Dessa vez não era metálico e seco como o outro, mas sonoro e borbulhante como se fosse proveniente de algum. . . líquido em movimento.

— O pântano! — exclamou Xisto, lembrando-se de que, atrás do morro vizinho havia um enorme brejo.

Ambos correram para saber do que se tratava, e não descobriram nada. O pântano estava coalhado de enormes pedaços imóveis de uma substância gelatinosa acinzentada, de formas estranhas. Curioso, Xisto debruçou-se nas margens, sentiu leve tontura, e. . . sem saber como, escorregou e foi se afundando no brejo! Mal isso aconteceu, uma violenta e sensacional movimentação teve início naquele pântano imundo! Dir-se-ia que a queda de Xisto agira como senha, como sinal convencionado para desencadear o vertiginoso espetáculo! Centenas de protozoários, horrendamente agigantados por efeito da radioatividade, começaram a se locomover de um lado para outro, rodeando o pobre Xisto, que ia se afundando aos poucos no lodo. Bruzo, com sua fabulosa força, tentou arrastá-lo para fora, mas apenas conseguiu agarrar uma das mãos metálicas do escafandro, impedindo que Xisto afundasse completamente. Uma ameba de um metro de comprimento envolveu-se no aparelho tentando assimilá-lo e encorporá-lo à própria massa gelatinosa, conforme o processo usado pelos unicelulares. Sentindo a resistência do metal, a ameba mudou de forma, alongou-se e passou adiante. Um enorme protozoário de forma oval e coberto de cílios móveis deslizou em alta velocidade e começou a dar marradas na viseira do escafandro de Xisto.

— É um *Paramecium* — gritou este, angustiado.

As aulas de História Natural, que recebera quando menino, lhe permitiram identificar os unicelulares, aqueles seres que pareciam intermediários entre o reino vegetal e animal. Uma colônia de cinquenta campânulas gelatinosas entrelaçadas pelas hastes dos próprios corpos esticavam e se contraíam a fim de ganharem impulso e se movimentarem até atingirem as margens do pântano, buscando a mão metálica de Bruzo, que já lhes havia chamado a atenção.

— Cuidado! São as Vorticelas, Bruzo! Aguente firme e não me largue! — gritou Xisto, desesperado, ao microfone do escafandro.

Os protozoários envolveram a mão e chegaram até o braço de Bruzo, que tremia como se estivesse sofrendo de doença de São Guido. Coisa pior ainda estava por acontecer: um colossal Rotífero, que parecia ter na cabeça dois ventiladores, cada qual funcionando em sentido contrário ao outro, veio rodando, sempre dando voltas pelo brejo, e envolveu a cabeça do escafandro dentro do qual o pobre Xisto julgara ter chegado o seu último instante. O Rotífero possuía duas espécies de rodas, feitas com espessos cílios que giravam vertiginosamente, fazendo um ruído de motor.

— Estou perdido! — pensou Xisto, vendo que os "ventiladores" do animal roçavam a garrafa de oxigênio, ameaçando atrapalhar-lhe o funcionamento. Seria fenômeno nervoso? Tinha até a sensação de já estar sentindo um começo de dispneia!. . . Girando ininterruptamente em torno da viseira do escafandro, o Rotífero parecia não desistir do ataque, apesar da resistência que encontrava. A Providência Divina, entretanto, veio em socorro de Xisto, através de um animal gelatinoso, de forma vagamente triangular, protegido por uma carapaça em cima do corpo, e, assim como os outros, também "amplificado" pela radioatividade. Esse unicelular possuía, numa das extremidades, uma espécie de bico fino e duro com o qual costumava atacar os "colegas", que o temiam por causa dessa arma.

— É um *Didinium nasutum*! — exclamou Xisto, reconhecendo um dos protozoários que estudara nas aulas de História Natural que recebera de seu pai.

O que ele previra, aconteceu. Ao ver o Rotífero, o protozoário investiu contra ele, fazendo com que este largasse Xisto para melhor defender-se do inimigo.

— Depressa, Bruzo! — gritou ele. — Dê um arranco e vê se me tira daqui.

Apesar de envolto pelas Vorticelas, Bruzo lançou mão de todos os seus recursos musculares e... deu um violento puxão para trás na mão metálica que sustentava. E com ela veio para fora todo o escafandro cheio de lodo, dentro do qual se achava Xisto, semidesmaiado. Mais que depressa, e com a mão agora livre, Bruzo arrancou as Vorticelas e atirou-as ao pântano repugnante.

— Desta estamos salvos! — disse Xisto, voltando a si. — Vamos embora depressa! Quero sair de Grunus já... Mais uma vez lhe devo a vida, Bruzo! Ai que enjoo! Que tontura!

Finalmente ambos conseguiram recuperar o equilíbrio.

Com seus mistérios, perigos e belezas, o Espaço aguardava os astronautas.

* * *

Enquanto isso... lá na Terra, Protônius e Van-Van, completamente desvairados, haviam tentado inutilmente captar imagens e sons vindos de Grunus: a tela de televisão não refletia absolutamente nada. Os astrossábios tiveram então uma ideia genial: inventaram um aparelho capaz de revelar a posição de Xisto no Espaço, captando as irradiações infravermelhas emitidas por sua própria astronave, estivesse ela onde estivesse. E assim foi criado o fabuloso Xistômetro de Van-Van.

DESVIADOS PARA NÍVEA

FELIZMENTE lá estava o navio cósmico, colocado em posição vertical, pronto para a decolagem. Mal se viu dentro com Bruzo, Xisto pôs em funcionamento os motores de reação.

— Rumo a Minos! — exclamou ele, com as energias recuperadas.

Minutos depois, os dois já estavam em pleno Cosmos. Retirados os escafândros espaciais, puseram as coisas em ordem dentro da cabina e fizeram planos. As algas, agora multiplicadas, continuavam cumprindo silenciosamente a sua missão de purificar a atmosfera daquele mundo em miniatura. Localizados pelo Xistômetro de Van-Van, e com o radiotransmissor devidamente consertado, Xisto e seus amigos da Terra mantiveram a mais afetuosa e confortadora das conversas.

Não se haviam passado mais do que trinta horas de voo quando o radar de bordo começou a registrar a presença, no Espaço, de um corpo estranho de grandes proporções que se movimentava em alta velocidade. Através de seus aparelhos, Xisto pôde calcular a direção do viajante do espaço. O desconhecido estava a algumas dezenas de milhares de quilômetros de distância, e rumava exatamente em direção à cosmonave, havendo portanto perigo de colisão.

— Socorro, Xisto! Estou vendo uma coisa esquisita! Ai Ai! — gritou Bruzo, que perscrutava o Espaço através do "olho eletrônico". — É uma verdadeira "montanha interplanetária" que está se dirigindo para nós! Socorro!

— Calma, meu irmão. Calma! Vamos ver o que se pode fazer. Deve ser um meteorito de grande tamanho que se desprendeu de algum planeta, talvez por explosão nuclear, e que viaja, solto, no vácuo. Só há uma solução, vamos enviar um poderoso feixe de partículas carregadas de eletricidade ou na direção dele, e é possível que essas radiações façam desviar, por pouco que seja, o rumo do meteorito. Quanto a nós, vamos tentar sair ligeiramente da rota, para evitar o perigo de choque.

E assim foi feito. Cheios de "suspense", Bruzo e Xisto acompanhavam, através do "olho eletrônico" a aproximação da montanha negra que se avizinhava, bem visível agora. O "monstro" passou com velocidade incalculável, raspando na pequenina cosmonave, e seguindo adiante em sua desenfreada trajetória pelo Espaço.

— Uff! Louvado seja Deus! — exclamou Xisto. — Desta vez, quem precisa de Treminhol sou eu...

— Garanto que Rutus empurrou o negócio lá de Minos só para nos matar! — gritou Bruzo.

— Não creio — tornou Xisto. — Rutus me quer vivo... por motivos que ainda ignoro.

— "O Que Não Tem Sangue"... disse o outro, pensativo. — Sabe de uma coisa, Xisto? Já descobri o que Rutus tem nas veias.

— O que é?

— Mingau.

— Mingau? Que ideia mais estapafúrdia!

— Quando eu era pequenino, minha mãe me mandava tomar mingau pra ficar forte. Depois aprendi no colégio que a saúde da gente depende muito da "fortaleza" do sangue.

Portanto, se Rutus não tem sangue nas veias, o que ele deve ter é. . . mingau!

Xisto sorriu e não respondeu. Bruzo haveria de ser sempre o ingênuo, o pouco inteligente, mas o forte, o dedicado Bruzo de toda a vida. E assim foi se passando o tempo até que Xisto viu, através do periscópio, uma pequena forma alongada e metálica que navegava na mesma direção, já quase paralela a seu navio. Ao focalizá-lo, sentiu grande emoção: tratava-se de um objeto voador em forma de fuso, indubitavelmente construído por mãos. . . humanas! Apesar da distância de alguns quilômetros que separava as duas naves, Xisto pôde ver nitidamente pelo "olho eletrônico" o ser vivo que estava lá dentro. Era minúsculo, tinha pernas, braços, e um rosto estranho, apenas vislumbrado através da viseira quadrada que trazia na cabeça. A que mundo distante pertenceria aquele viajante do Espaço? Deveria ter atmosfera irrespirável, pois a criatura trazia um aparelho — evidentemente um gerador de oxigênio — que fazia adivinhar isso.

— Eu já estava sentindo falta de gente, mesmo que fosse aquela "coisinha de nada" que vai ali dentro! — exclamou Bruzo.

Xisto notou que o homúnculo, por sua vez, percebera a astronave terrestre, pois no momento exato em que esta foi ultrapassada pelo fuso voador, mais veloz — o pequeno navegante cósmico lhe fez alguns sinais amistosos.

— Felicidade, e. . . adeus, meu irmãozinho desconhecido! — disse Xisto.

Certamente jamais tornaria a ver aquela criatura de origem e destino ignorados, e com a qual, por segundos apenas, se comunicara em muda e espontânea solidariedade. E tudo voltou ao grande silêncio cósmico. De vez em quando, saudoso da Terra, Xisto tirava do bolso um lenço embebido em essência de feno, e aspirava. Fazia-lhe bem aquele cheiro meio selvagem, que sugeria gado pastando, campos arados, e gente semeando, tranquila, a boa Mãe.

— Terra. Tão simples e belo aquilo, mas... tão distante também! (Xisto estava longe de imaginar a ligação que aquele singelo perfume teria mais tarde com o desfecho de sua louca aventura...)

Algum tempo depois, Bruzo chamou a atenção do amigo para uma certa coisa: a cosmonave estava perdendo velocidade. Xisto empalideceu. Que teria acontecido? Quem sabe? Talvez "O Que Não Tem Sangue", vendo Xisto quase indefeso ante os perigos do Cosmos, decidisse tirar partido da situação, enviando raios mortíferos que dessem cabo dele ali mesmo no Espaço! Sim, pois ninguém conhecia ao certo até que ponto a ciência atômica se achava desenvolvida em Minos.

— Não! — exclamou Xisto, como que pensando alto, e voltando à mesma certeza de sempre: Rutus o queria vivo em seu planeta. O defeito deveria estar ali mesmo na cosmonave.

Dito e feito. Um contratempo inexplicável na direção de saída dos gases de combustão estava provocando a diminuição de velocidade. A situação era grave. Xisto logo pensou em fazer uma ligação com a Terra para consultar os astrossábios, mas desistiu, a fim de evitar uma possível espionagem de Rutus. Convinha que os contatos fossem pouco frequentes. A única solução era pousar a cosmonave no primeiro asteroide habitável que encontrassem, a fim de melhor enfrentarem o problema. Pela carta estelar, Xisto localizou os dois pequenos planetas mais próximos e se pôs a examiná-los através do "olho eletrônico".

— Não é possível! — exclamou ele. — Que legal! Ali está o mundinho daquele camarada que passou no fuso voador! Venha ver, Bruzo!

Ambos puderam observar, então, uma infinidade de... anões a se movimentarem de um lado para outro, todos com uma espécie de caixa quadrada enfiada na cabeça —

aparelhos geradores de oxigênio, certamente. Gases irrespiráveis, como o metano, por exemplo, deveriam envolver aquele planeta.

As criaturinhas entravam e saíam de grutas subterrâneas dentro das quais — imaginou Xisto — talvez houvessem conseguido estabelecer, por algum processo ignorado, uma atmosfera que lhes permitisse respirar fora da esquisita caixa quadrada. A vegetação do planeta era escassa e desconhecida.

— Não acho prudente descermos aí — disse Xisto, grudado ao "olho eletrônico". — Vamos farejar o outro planeta vizinho. Talvez seja mais viável.

Enganara-se, entretanto. Horas depois puderam observar melhor o pequeno globo envolto em leves e indefinidos gases.

— Deus nos livre! — exclamou Xisto. — Veja só, Bruzo, o que vem pintando por aí.

— Nossa! — gritou o outro, de olhos arregalados. — Que coisa terrível!

Era simplesmente horrendo aquele mundo! Cabeças gigantescas, de conformação mais ou menos semelhante às dos terrestres, se locomoviam por meio de perninhas tão finas que lembravam simples filamentos!

As tais "cabeças" pareciam ser de carne, tinham boca, olhos arregalados e dos couros cabeludos saíam fios que crepitavam como fornalhas! Dir-se-ia que eram eletrificados e estavam em permanente curto-circuito! Chocado, Xisto desviou a rota da astronave e dirigiu-a para Nívea. De qualquer jeito teriam de pousar naquele planeta, fosse ele habitado ou não, pois a força dos gases de combustão se enfraquecia cada vez mais. E se o defeito se agravasse impedindo a "aniveagem"? Cem horas depois focalizaram Nívea pelos aparelhos e identificaram formas aladas trafegando pelos ares.

— Estamos chegando — disse Xisto, acionando os foguetes de desaceleração. Vamos vestir os escafandros para pousar em Nívea.

E assim foi feito.

KIBRUSNI, MENINO DO ESPAÇO

MAL haviam "aniveado", os dois tiveram a primeira das muitas surpresas que os esperavam naquele planeta. Descomunais borboletas azuis da espécie *Morpho menelaus*, com asas de um e até dois metros de tamanho, voavam calmamente de um lado para outro, embelezando de tal modo o campo onde a nave pousara, que Xisto e Bruzo julgaram tratar-se de um sonho. Eram belíssimas, de um azul forte, brilhantes como lamê.

— Que é isso? Borboletas gigantes? — gritou Bruzo, excitadíssimo.

— Incrível! Deve ser por efeito da radioatividade! — comentou Xisto, perplexo e maravilhado, lembrando-se dos unicelulares que encontrara no pântano do Planeta Negro. (Mais tarde verificaria a exatidão dessa suspeita.)

Segundo os estudos que o Professor Van-Van e Protônius fizeram, a atmosfera de Nívea era parecida com a da Terra, mas com maior percentagem de argônio, criptônio e hélio, se bem que a quantidade de oxigênio fosse a mesma. Prudentemente metidos nos trajes pressurizados — pois ignoravam como os respectivos pulmões reagiriam naquela atmosfera — os dois ainda não tinham dado nenhum passo no solo quando Xisto decidiu fazer uma experiência: tirou o escafandro espacial e tentou "provar" o ar tênue de Nívea. Mal fez a primeira aspiração, sentiu-se sufocado como se estivesse sofrendo de violenta crise de asma.

— Que que é isso? — exclamou Bruzo, perplexo. Deus me livre! Bendito escafandrozinho... Não saio de ti de jeito nenhum...

Com grande força de vontade, Xisto tentou habituar o organismo, e insistiu na perigosa experiência. A dispneia continuava. E assim foi indo... foi indo... até que, aos poucos, sua respiração se normalizou. Os pulmões terrestres, finalmente, haviam se adaptado ao ar de Nívea!

— E aquela gente de asas que vimos pela televisão? Borboletas não eram. Seriam... anjos? Estamos no céu, Xisto! — gritou Bruzo, exaltado.

— Não diga besteira, Bruzo — ajuntou o outro, rindo. Você não vê que este mundo é... físico? Deus permita que o povo de Nívea seja amigo. E agora vamos explorar o terreno.

Mal começaram a andar, tiveram outra surpresa: involuntariamente começaram a deslizar e a dar vagarosos saltos como nos filmes de "câmara lenta"...

— Não compreendo — gritou Xisto, no auge do espanto. — Este planeta, pelo seu tamanho, deveria possuir uma força de gravidade bem forte, de acordo com sua massa. Entretanto, acontece justamente o contrário. Vamos tentar uma comunicação com a Terra e consultar Van-Van sobre isso.

* * *

Junto ao radiotelescópio terrestre, os dois astrossábios — sempre a postos — logo responderam ao chamado de Nívea. Ficara combinado que a iniciativa dos contatos partiria sempre de Xisto, pois do contrário poderiam surgir problemas. Aliás, tendo já localizado a astronave através do Xistômetro de Van-Van, um levantamento de Nívea, tão aproximado quanto possível, fora imediatamente feito pelos sábios.

A resposta não tardou. Sempre usando seu palavreado difícil, Van-Van disse:

— Jamais subestimemos as sábias equações de Mãe--Natura! O esdrúxulo orbe terráqueo possui siderosfera pobre de níquel e ferro; capa litospórica com baixo teor de olivina; capa peridotítica sobremaneira tênue em peroxônio e feldspatos. Alumínio superabundando rochas dioríticas.

* * *

— Não entendi nada do que o barbudo disse — comentou Bruzo. — Esse velho que fala difícil, enche!

— O Professor Van-Van — explicou Xisto — disse que o "núcleo", isto é, o "miolo" de Nívea é composto, em resumo, de percentagem mínima de metais pesados e maior quantidade de metais leves. Pronto: está tudo claro...

Distraído com a conversa, Xisto custou a perceber uma coisa estranha que estava acontecendo: seu. escafandro espacial, que deixara no chão, voava por cima de sua cabeça, como se mãos invisíveis o estivessem carregando de um lado para outro. Xisto saiu em perseguição do... escafandro que se desviava, escapulia, voltava... Dir-se-ia que ele se divertia brincando de "pegador". Uma inexplicável risadinha alegre de criança se fazia ouvir durante o tempo todo daquele verdadeiro jogo de "esconde-esconde", intrigando os cosmonautas, pois ali não havia... ninguém! A certo momento Xisto sentiu nitidamente que mãos que ele não via enfiavam uma coisa pequenina em seus ouvidos.

— Que negócio é esse? Quem está aí? — gritava ele quase aos berros, olhando para o ar... vazio, enquanto

Xisto saiu em perseguição do... escafandro que se desviava, escapulia, voltava...

Bruzo engolia, discretamente, dois Treminhóis em vez de um.

— Vamos acabar com essa brincadeira! — disse Xisto, bastante perturbado. — Quem é você?

— Kibrusni, menino do Espaço — respondeu uma vozinha comovente e frágil, de timbre infantil.

— Você é... invisível, Kibrusni? Não tem corpo?

— Tenho e não tenho. Mas, antes de tudo, quero saber: vocês são mesmo de outro planeta? Que coisa sensacional! Preciso avisar logo meu pai e chamar todo mundo. Isso é fabuloso!

— Mas, antes de tudo, Kibrusni, como se explica que eu esteja entendendo sua língua e você a minha?

Kibrusni deu uma risadinha e disse:

— O senhor talvez não tenha reparado, mas quando os vi, desconfiei que vinham de outro planeta. Achei que o senhor tinha cara de bonzinho e resolvi enfiar nos seus ouvidos uma pilhazinha minúscula que papai inventou — o "transmissor de pensamento" — que, entre outras coisas, faz a gente escutar língua diferente da nossa, entender tudo e ouvi-la como se fosse a nossa.

— Não estou compreendendo nada, Kibrusni — disse Xisto. — Tudo isso é tão novo, tão esquisito para mim! Quem é seu pai, e que estória é essa de não ter corpo?

— Ah, senhor... como é mesmo o seu nome?

— Xisto.

— Pois bem, senhor Xisto. Papai é o Sábio Atômico de Nívea. Um dia ele inventou um aparelho para tornar as pessoas invisíveis e outro para fazê-las voltar ao normal. A primeira experiência foi feita comigo. Na hora de me fazer visível novamente, sabe o que aconteceu? Papai... perdeu a pedrinha radioativa! E não houve jeito de achar e nem de preparar outra na dosagem exata.

— Quer dizer que você é uma criança que tem corpo mas ninguém vê? E não sofre com isso?

— De modo algum. Pelo contrário... Divirto-me a valer. Fico solto por aí, fazendo o que quero, e procurando ser útil a todos. De vez em quando, gosto também de pregar peças nos outros, para dizer a verdade...

— Quantos anos você tem, Kibrusni?

— Cinco.

— Não é possível! Mas como pode saber tantas coisas?

— Aqui em Nívea somos bastante evoluídos e já nascemos falando.

— Nascem... falando? — perguntou Xisto, espantado.

— Sim. E a primeira frase que pronunciamos é: "Obrigado, meus pais. Obrigado, mamãe, por ter me guardado algum tempo dentro de você."

— E por onde andam os niveanos?

— Daqui a pouco alguns deles estarão aqui. Vou avisar meu pai e minha irmã. É ela quem cuida de mim desde que mamãe morreu.

— Cuida como, Kibrusni?

— Prepara minha comida e tudo o mais. Atenção, senhor Xisto. Fique bem quietinho, pois vou colocar em seus olhos outra invenção de papai: a "lente de contato para ver além das coisas". A gente fica enxergando que é uma maravilha! E seu companheiro aí não vai tirar o escafandro?

— É... tímido, e quer ficar por aqui mesmo, cuidando da astronave.

Então Xisto sentiu que mãos pequeninas seguravam delicadamente o seu rosto e colocavam qualquer coisa em seus olhos.

Gigantescas borboletas amarelas vieram voando e misturaram-se com as azuis, tornando ainda mais fantástica a paisagem de Nívea.

— Até já, senhor Xisto — disse Kibrusni. Papai vai ficar espantado quando souber da chegada de gente de outro planeta.

Mal o menino invisível se afastou, os cosmonautas começaram a ouvir um ruído estranho que fazia lembrar o zumbido de insetos.

— Anjos! — gritou Bruzo, estupefato, levantando o braço metálico e apontando para os ares.

Uma multidão de seres alados estava se aproximando.

— Não é possível — exclamou Xisto, perplexo.

O que via ultrapassava os limites da razão: os niveanos — como a princípio parecera a Xisto — não vinham encarapitados em helicópteros, mas sim em... libélulas colossais! Num segundo, Xisto compreendeu tudo: aproveitando-se da capacidade de sustentação em voo daqueles insetos, os niveanos certamente haviam submetido seus ovos a irradiações especiais para aumentar o tamanho e a força das futuras libélulas. Especialmente treinados, os insetos pousaram a certa distância dos cosmonautas, deles saltando os niveanos, que se puseram a observar com curiosidade Xisto, Bruzo e a astronave. Metidos em macacões de um tecido que lembrava fibra de vidro — os homens vestidos de verde, as mulheres de branco — os niveanos eram esguios, tinham cerca de dois metros de altura, cabelos castanhos ou louros, o rosto belo e sem pintura alguma, é claro. Perplexos, os cosmonautas nada disseram. Foi breve e silencioso aquele primeiro encontro. Minutos depois, os recém-chegados montaram nos insetos e decolaram. Xisto sentiu um aguçamento da sensibilidade, e começou a ver "além das coisas" tal como jamais o pudera fazer com seus olhos terrenos. No meio de tantas surpresas, ele não se esquecia um instante sequer do terrível ser que o aguardava em Minos. Demorar-se-ia em Nívea apenas o tempo de pôr em ordem o desarranjo no sistema de escapamento dos gases da astronave. O destino dispusera outra coisa, entretanto.

UMA SURPRESA ATRÁS DA OUTRA

O que muito encantou Xisto foram os sons musicais, antes não percebidos, que agora lhe chegavam aos ouvidos. O próprio vento soprava emitindo zunidos harmoniosos. Pássaros, ainda não vistos, cantavam coisas lindas e o aparelho super-receptor eletrônico de Nívea captava ruídos sonoros, provindos de estrelas distantes e desconhecidas. Dir-se-ia que toda a natureza cósmica estava... orquestrada em surdina. Bruzo, ainda perturbado pela visão do inusitado *footing* aéreo que acabara de assistir, saiu com Xisto a dar uma caminhada. Aliás, aquilo não seria bem uma... caminhada, pois graças à baixa gravidade, ambos deslizavam pelo solo, em saltos lentos de pluma, bastando para isso que dessem ligeiro impulso. Logo adiante, num descampado árido, encontraram duas crianças niveanas olhando para o chão como que em êxtase.

— Que beleza! Que maravilha! — gritavam elas.

— O que é que vocês estão vendo? O que estão falando? — perguntou Bruzo. — Não enxergo nada, nem um simples capinzinho.

— Que pena Kibrusni não ter posto em você a pilhazinha do "transmissor de pensamento" e as lentes de contato! — comentou Xisto, aproximando-se das crianças que nem deram por sua presença.

— São fininhas como fio de cabelo! — exclamava a menina, entusiasmada.

— Estão querendo furar a terra! — gritou o menino, batendo palmas.

Maravilhado, Xisto percebeu que aquelas crianças estavam observando a germinação das sementes dentro do solo. Reparando bem, viu perfeitamente as delicadíssimas raízes tentando romper a crosta. Um puxão em seus cabelos, seguido de uma risadinha, interrompeu seu deslumbramento.

— Você levou susto? Boboca! — disse uma vozinha infantil.

— Kibrusni! Você está aí outra vez? Escute uma coisa: será que essas crianças também usam as tais lentes de contato como eu?

— Não, porque são meninos evoluídos. Foi para as pessoas que estão um pouco... atrasadas que meu pai inventou a "lente para ver além das coisas" e a "pilha para transmitir o pensamento". Andem um pouco adiante e verão uma coisa divertida — acrescentou Kibrusni.

Bruzo e Xisto seguiram na direção indicada e não puderam conter os gritos de espanto. Acabavam de encontrar uma porção de bichos minúsculos que deslizavam em saltinhos vagarosos. Um verdadeiro jardim zoológico em miniatura!

— Estão dando pequenos urros! São leões e têm jubinhas! — gritou Bruzo, encantado.

Incrível! Animais das selvas reduzidos a cinco centímetros de tamanho! Camelos de um dedo, ursos do tamanho de uma caixa de fósforos... E tudo vivo, correndo de um lado para outro. De repente, Xisto deu um grito: estava entendendo *bichês*, isto é, a linguagem dos bichos! Apurou bem o ouvido e escutou dois bezerrinhos do tamanho de uma unha a contarem vantagens:

— Mamãe vaca dá trinta gotas de leite por dia e a sua só dá dez — dizia um deles.

— Mas o leite da minha é mais grosso do que o da sua! — retrucava o outro. — Tem até mais vitamina!

— Nunca ouvi contar que leite tivesse vitamina!...

O outro não disse nada.

Um rinoceronte queixava-se de estar com reumatismo no chifre e uma novilha tomava aulas de mugido, repetindo (em mi bemol) sem parar: "Mu... Mu... Mu..." Xisto sorria, perplexo.

— Está espantado? — perguntou a vozinha de Kibrusni. — Esses bichinhos foram submetidos a irradiações de antiprótons que lhes reduziram o tamanho.

— Mas por que fazem isso neste planeta?

— Para alegrar crianças doentes. As feras tornam-se mansas e não são prejudicadas em nada. Pelo contrário. Veja como aqueles jacarés ali estão se divertindo...

Xisto prestou atenção e escutou as gargalhadas que eles soltavam. Estavam contando anedotas...

— É inconcebível! — exclamou o moço.

Bruzo, que andara mais adiante, chamou o amigo: — Venha ver que flores lindas!

Xisto correu, parou, segurou delicadamente entre os dedos a mais bela de todas, e cortou-a com suavidade. Então — ó maravilha! — escutou um som musical e viu que dela se desprendia como que um pingo de espuma leve e rosada, que se evaporou no ar. Era o esboço de alma da flor que estava saindo, feliz por ter sido colhida para dar alegria a alguém. Bruzo, que era meio estabanado, arrancou violentamente um raminho. Tanto bastou para que este soltasse um doloroso gemido escutado por Xisto que vira e ouvira tudo, graças às "lentes para ver além das coisas" e ao "transmissor de pensamento".

— Aí vem papai — disse a voz frágil de Kibrusni.

Xisto olhou para o céu e viu chegar um veículo aéreo, esférico, parecendo feito de vidro, puxado por duas enormes libélulas. O carro pousou no solo, e dele desceu um homem alto e de cabelos claros, vestindo uma espécie de túnica vermelha, que saudou Xisto e Bruzo com a cabeça. Os dois homens — o da Terra e o de Nívea — olharam-se, face a face, mal contendo a mútua curiosidade.

— Sejam bem-vindos, meus irmãos terrestres! — disse o recém-chegado.

Do pai de Kibrusni emanava uma tal distinção e doce autoridade, que Xisto logo percebeu tratar-se de um chefe. Aliás, mais tarde veio a saber que a cor vermelha era o distintivo dos sábios que governavam Nívea. Muitas foram as perguntas que ambos fizeram um ao outro, todas girando em torno do sistema de vida nos respectivos planetas. Xisto ficou sabendo que a energia utilizada em Nívea era a nuclear, em alto grau de aperfeiçoamento, mas exclusivamente utilizada no sentido positivo, isto é, em benefício do progresso e bem-estar da gente do planeta. Ao examinar a astronave espacial, o Sábio Atômico cumprimentou Xisto:

— Meu jovem amigo. É espantoso como, sem dominar ainda as forças da gravidade, e nem totalmente as da energia atômica, pôde esse pequeno engenho terrestre ser tão bem projetado e executado, que conseguiu vencer o Espaço e chegar até nosso planeta. Louvo, sobretudo, sua admirável coragem, enfrentando os perigos do Cosmos.

Ao saber das razões daquela viagem, o Sábio Atômico empalideceu e disse:

— Rutus é também nosso inimigo! Vivíamos em paz e felicidade até que, há tempos, recebi uma mensagem de "O Que Não Tem Sangue", exigindo a destruição de nossa Usina Atômica. Rutus é megalomaníaco, e quer conquistar o Cosmos, planeta por planeta. Tal não há de ser, entretanto!

— Que espécie de mundo será Minos? — perguntou Xisto.

— Terrível e dominado pela maldade — disse o Sábio, com voz grave. Já o avistamos de perto várias vezes, pelo

Espaço, mas jamais nos atreveríamos a tentar a "aminossagem". Aliás, fique sabendo senhor Xisto, que já conhecemos — ainda que à distância — o seu planeta. Nossos antepassados fizeram a mesma coisa.

— Não venha Vossa Sabieza me dizer que as... libélulas voaram até lá...

— Não, é claro. Servimo-nos dos insetos apenas para... uso interno. Nossas viagens espaciais são feitas em cápsulas fotônicas, veículo cósmico movido por foguetes de impulsão a fótons, isto é, a partículas de energia luminosa. A propósito: caso não seja consertado em tempo o defeito em sua cosmonave, pomos, desde já à sua disposição, a mais rápida de nossas cápsulas fotônicas para a viagem a Minos... Creia, entretanto, que é loucura atender ao chamado de Rutus! Mas... pensemos em coisas mais agradáveis. Vamos ao Grilódromo.

— Grilódromo? Que é isso? — indagou Xisto, subindo ao carro puxado por libélulas.

— Você verá.

E lá se foram os dois pelos ares. Logo adiante, Xisto viu do alto um grande pedaço de terra sendo arado por... que seria aquilo, santo Deus? Formas pretas, enormes, com chifres.

— São besouros *Dynastes hercules* — explicou o Sábio. — Saíram de ovos submetidos a irradiações atômicas seletivas, destinadas a modificar os caracteres genéticos no sentido de favorecer o crescimento ilimitado dos futuros seres. Talvez o amigo não saiba também que uma das ciências mais desenvolvidas em Nívea seja a biônica, isto é, o estudo das soluções da Natureza para resolver problemas técnicos de direção, óptica, radar, etc. Por exemplo, as lentes de nossos telescópios são baseadas no maravilhoso sistema ocular de visão total dos besouros; nossos veículos são equipados com radar inspirado nos dispositivos que dão aos morcegos aquela hipersensibilidade quase intuitiva; nossos submarinos copiam a forma e os movimentos musculares do peixe Boto, um dos mais velozes seres marinhos. E assim, amigo Xisto, intimamente ligados à Natureza, vivemos bem próximos de Deus, o Supremo Criador, ponto de partida de todas as coisas!

— Como é que vocês se alimentam? — perguntou Xisto.

— Comendo frutas, cujas sementes também sofrem irradiações, o que nos permite obter exemplares de... um metro de tamanho! Além disso, usamos mel de abelhas supervitaminado, plâncton e algas marinhas. Jamais existiu fome em Nívea. O alimento é abundante e chega para todos.

— Vocês comem carne?

— Comer... carne?

— Sim. Carne de vaca, de porco, de galinha.

— Desculpe, amigo Xisto, mas nós, niveanos, temos o maior respeito por todas as formas de vida. Jamais seríamos capazes de pôr na boca alguma coisa que houvesse sofrido morte.

— Ai de mim — tornou Xisto. — Dou-lhe razão e, apesar disso, sinto falta de meu franguinho assado! E agora, outra pergunta: todos trabalham?

— O maior desgosto para um niveano é ser inútil. Cada qual, a seu modo e dentro de suas possibilidades e aptidões, faz o que pode para o bem-estar geral.

— Que arma vocês usam?

— Arma? Que é arma?

— Instrumento de defesa para matar o inimigo em caso de ataque.

— Meu caro amigo terrestre, perdoe-me outra vez, mas nós sabemos que se algum dia houver ameaça, ela virá do Espaço, de outro planeta. Essa certeza nos une cada vez mais. O mal — quando raramente aparece por aqui, é encarado com tolerância e compreensão, mais como desajuste, enfermidade nervosa ou avitaminose. O "doente" é submetido a testes, e faz um tratamento à base de sons e de assimilação de... cores através da retina visual. Graças a Deus, não existe ódio em Nívea.

Encantado com o adiantamento espiritual dos niveanos, Xisto estava longe de suspeitar que, naquele mundo quase perfeito, ele iria ter uma das experiências mais trágicas e impressionantes de sua vida!

O RAIO QUENTE

DEPOIS de viajarem algum tempo pelos ares, o Sábio Atômico anunciou que estavam chegando ao Grilódromo. As libélulas baixaram voo e pousaram. Excitadíssimo, Xisto não pôde deixar de sorrir diante do que viu: cem grilos gigantes, montados por "jóqueis" niveanos estavam em fila numa pista, aguardando o sinal de partida para a corrida. O campo de esportes achava-se repleto. A chegada do Sábio Atômico, acompanhado de Xisto, provocou rebuliço. Todos queriam ver o homem da Terra, e faziam-lhe sinais amistosos. Montado numa grande libélula, a fim de controlar a disputa pelos ares, o juiz deu o sinal de partida. Um espetáculo vertiginoso desencadeou-se então: aqueles insetos de três metros de altura começaram a dar saltos sensacionais, cada qual tentando ultrapassar o outro e chegar primeiro ao ponto final. Os niveanos, por assim dizer, "torciam" pelos seus grilos favoritos, gritando-lhes os nomes, e incitando-os à vitória final. Terminado o páreo, o povo, entusiasmado, atirou flores no inseto e no jóquei vencedores.

— Hoje à noite vamos festejar o acontecimento no parque público — disse o Sábio. — O amigo Xisto está convidado, nessa ocasião, a manter uma conversa com os niveanos sobre o planeta Terra. Aceita?

— Com muito gosto. Diante do que aqui vejo, receio que o assunto seja pouco interessante.

— Não diga isso... Um dia — estamos certos — vocês atingirão nível científico e espiritual semelhante ao nosso. Poderão até chegar a muito além...

— Estou preocupado com a astronave e gostaria de voltar para ver o que aconteceu — disse Xisto.

Minutos depois o carro levado por libélulas o deixava junto do navio cósmico. Encontrou tudo na mesma. Sentado no chão e rodeado de frutas de um metro de circunferência, Bruzo, metido no escafandro, formava uma cena deveras ridícula.

— Estava só esperando você chegar para sair desta droga — disse ele. — Já está começando a me chatear.

— E por que não saiu sozinho?

— Eu? Que pergunta... E quem é que iria me socorrer na hora da falta de ar?

— Bobo, tire logo essa couraça, ande... vamos!... coragem!

Bruzo fez uma verdadeira "cena" ao livrar-se do escafandro espacial! Além da natural dispneia, chorou e rolou pelo chão. Finalmente, depois de quase uma hora de sofrimento, acabou dominando a atmosfera de Nívea.

— Agora, sim, você é gente outra vez — disse o outro. — Já pode sair comigo e conhecer as niveanas que, aliás, não são nada feias.

Preocupado com a passagem do tempo, Xisto foi examinar, através de seus aparelhos, a posição da Terra em relação a seu eixo. O resultado afligiu-o: o desvio acentuava-se e, segundo seus cálculos, faltavam apenas dois meses para o prazo fatal determinado por Rutus! O defeito na astronave, ao que parecia, não tinha mesmo conserto, e ainda que o tivesse ninguém poderia calcular, ao certo, o tempo que ela gastaria na viagem de Nívea a Minos. Enfim... o jeito era o de sempre: fazer o que estivesse em suas mãos, e depois... deixar o barco correr.

À noitinha, o Sábio Atômico veio buscá-lo em seu carro aéreo. Satisfeito por ver Bruzo fora do escafandro e já adaptado às condições do planeta, insistiu em levá-lo também. Este hesitou, pois não compreendia nada do que o pai de Kibrusni falava. Adivinhando isso, o Sábio Atômico imediatamente colocou nele o "transmissor de pensamento" e as "lentes de contato para ver além das coisas". E lá se foram os três pelos ares...

O espetáculo que Xisto presenciou no parque repleto de niveanos fez bater mais rápido seu coração: tudo se tornara fosforescente, inclusive uma infinidade de borboletas noturnas de asas transparentes, multicores e de cinco a seis metros de comprimento. Pareciam pedaços de gaze, flores volantes flutuando pela brisa leve de Nívea... Pássaros luminosos que possuíam alguma semelhança com os da Terra, voavam de um lado para outro, riscando a noite como se fossem cometas. E pousavam em árvores cheias de flores e frutos enormes e fluorescentes. Perturbado com o ambiente feérico que o envolvia, Xisto nem pôde reparar direito nos niveanos que, em grande número, ali se haviam reunido para ouvi-lo. Entre eles, alguns usavam roupa vermelha, revelando suas qualidades de sábios. Com simplicidade e inteligência, o cosmonauta foi respondendo às centenas de questões, as mais diversas, que lhe iam sendo feitas. O apurado "sexto sentido" dos niveanos fazia-os entender tudo o que Xisto dizia. Apenas um ou outro tivera necessidade de recorrer ao "transmissor de pensamento". O lenço impregnado de essência de feno foi apresentado e, depois de submetido a processo desconhecido, exalou por todo o ambiente o perfume dos campos terrestres. Desejoso de fazer os presentes provarem o gosto de um alimento de seu planeta, Xisto ofereceu-lhes vários pasteizinhos de queijo, condensados. O paladar dos niveanos, entretanto, era muito sensível, e talvez devido à presença de gordura animal entre os ingredientes, o pastel lhes repugnou, o que a custo disfarçaram para não magoar o hóspede terrestre. Estavam nisso, quando aconteceu uma coisa inesperada que paralisou a todos e interrompeu a festa: o radar de Nívea começou a captar um "não sei quê" de estranho, enquanto vinha do Espaço um raio vermelho e quente que envolveu o planeta inteiro, atingindo um por um de seus habitantes, fazendo-os sentir como que uma rápida sensação de queimadura!

— Rutus! — gritou o Sábio Atômico.

Sim, ele bem compreendia o que significava aquele aviso — o nono que Nívea recebia! "O Que Não Tem Sangue" continuava a exigir a destruição da usina nuclear, e como ainda não fora atendido, enviara aquela pequena "amostra" de seus. . . recursos!

Depois de alguns instantes de pânico, a calma foi voltando aos poucos. A misteriosa intromissão do raio vermelho e quente, entretanto, arrefecera completamente o entusiasmo geral e todos foram para suas casas, depois da promessa que lhes fizera o Sábio Atômico de reunir, no dia seguinte, os outros governantes do planeta a fim de estudarem em conjunto as providências necessárias diante do perigo.

— Eu não lhe disse que a ameaça viria do Espaço? — comentou o pai de Kibrusni, dirigindo-se a Xisto.

Bruzo, que ficara aparvalhado, já engolira disfarçadamente dois Treminhoizinhos, e mais parecia um autômato. Os dois amigos estavam exaustos! Havia sido um dia cheio de emoções aquele! Ansioso por voltar à astronave, Xisto, mais preocupado do que nunca, desistiu de fazer ao Sábio perguntas mais detalhadas relativas ao sistema de governo, habitação, arte, sexo, morte, religião, etc., dos niveanos. Ao voltar, sentiu-se tão cansado que mal reparou na beleza do mar fosforescente que via dos ares. Só tinha um desejo: dormir... dormir... e depois dar um jeito qualquer de rumar para... Minos. Pela primeira vez estava tendo a prova de como era louca a aventura em que se metera! Seu altruísmo e dedicação aos terrestres, entretanto, o haviam cegado em relação ao perigo. Agora era tarde. Continuaria, ainda que isso lhe custasse a vida! E foi profundo, apesar das preocupações, aquele primeiro sono que Bruzo e Xisto dormiram em Nívea.

Na manhã seguinte, o Sábio Atômico, ainda bastante preocupado com a desagradável surpresa da véspera, levou Xisto e Bruzo a um edifício de forma arredondada, enquanto aguardava a hora marcada para o encontro com os outros chefes do planeta. Lá dentro os cosmonautas viram uma coisa bastante estranha: sepultado numa câmara de vidro transparente, achava-se um homem (estaria morto ou dormindo?) completamente... congelado!

— Eis aí — disse o Sábio Atômico, um dos mais abnegados cientistas niveanos de todos os tempos! Está hibernando nessa espécie de câmara frigorífica há... duzentos anos, e deverá ficar nesse estado ainda três séculos.

— Por quê? — indagou Xisto, perplexo.

— Submeteu-se voluntariamente a essa experiência a fim de, ao acordar, ter elementos para fazer um estudo comparativo da evolução de Nívea em quinhentos anos.

— Mas será que ele pensa enquanto se acha assim?

— Não. Está como se fosse morto. A vida, entretanto, continua latente dentro dele, pronta a se manifestar, tão logo chegue o momento determinado.

Bruzo não estava muito interessado naquilo. Preferia mil vezes encontrar novamente as belas niveanas de cabelo dourado que vira na noite anterior durante a festa no parque. Cada mulheraço!

Nossa! Ai dele! Breve, muito breve iria se arrepender de ter retirado seu escafandro espacial. Entretanto, ninguém — oh! ninguém... —poderia adivinhar o que estava por acontecer.

TERROR NO PLANETA

MAL o Sábio Atômico terminara sua explicação, o super-receptor eletrônico do planeta começou a emitir detonações sucessivas e alarmantes. A coisa foi num tal "crescendo" que, em poucos minutos, Nívea se transformou num verdadeiro pandemônio! O mais esquisito é que, segundo os cálculos, os sinais não vinham de Minos, como todos julgavam, mais sim de um asteróide perdido na distância, situado em direção oposta ao planeta de Rutus. Ainda nem fora solucionado o mistério do raio quente, e logo outra ameaça se apresentava! O ruído foi aumentando, aumentando, até que, subitamente, vinte e sete grandes bólidos se precipitaram por diferentes partes do planeta. Dir-se-ia que algum corpo sólido longínquo explodira, tendo parte dos destroços se despencado pelo espaço até serem atraídos pela força de atração de Nívea. Afobadíssimo, o Sábio Atômico se despediu do perplexo Xisto, indo ao encontro dos colegas.

* * *

Ali estavam os blocos de massa dura e escura, uns maiores, outros menores. Reunidos em torno de um deles, cinco homens muito altos e vestidos de vermelho — os sábios de Nívea — se concentraram em silêncio, de olhos fechados.

— Níquel... platina... ferro... silício... magnésio — disse um deles, pressentindo a composição do bólido graças a seu aguçado sexto sentido.

— Vejo ligeiros sinais de radioatividade — falou o Sábio Atômico.

Sempre concentrado, disse o sábio especialista em Biologia:

— Noto vestígios de proteínas formadas de moléculas complexas contendo átomos de oxigênio, nitrogênio, carbono, hidrogênio, os elementos químicos elementares para a vida! — gritou ele, entusiasmado. Esse meteorito veio de algum planeta habitado por seres vivos!

O outro sábio — o que cuidava do bem-estar público, resolveu o seguinte: nenhuma decisão precipitada deveria ser tomada diante do ocorrido. Seria mais prudente aguardar um pouco, até ver o rumo que as coisas tomavam.

* * *

Ora, ainda que espantado com a inesperada queda de bólidos, Xisto estava cada vez mais encantado com sua faculdade de "ver além das coisas" e de, por assim dizer, adivinhar até certo ponto o pensamento alheio. Parado diante de um arbusto, colheu um enorme figo, e comoveu-se diante da intocada pureza do interior do fruto. Mais adiante encontrou uma espécie de laranjeira sem viço, de folhas murchas, galhos retorcidos e quebradiços.

— Essa árvore sofre de "tristeza" — explicou Xisto a Bruzo, que o acompanhava. — Esqueceram-se de adubá-la, de regá-la e ela adoeceu. Como tudo, no Cosmos, precisa de amor!...

— Isso mesmo — comentou uma voz infantil, dando uma risadinha.

— Kibrusni! — exclamou Xisto. — Como vai você?

— Ah, senhor Xisto. Não estou lá muito bem de saúde. Tou cansado, sem forças, e com dor no peito.

— No peito? E você já avisou seu pai?

— Não encontro papai desde que caíram os bólidos.

— Olhe só como é grande o meteorito que foi atirado junto da astronave. Súbito Xisto sentiu que sua mão encostava numa coisa macia e muito quente.

— Rutus! — gritou ele, apavorado, lembrando-se do raio vermelho enviado na véspera pelo senhor de Minos.

Ouviu-se outra risadinha, e Kibrusni disse:

— Que imaginação catastrófica! O senhor assustou-se à toa. Sua mão encostou em meu rosto... só isso...

Depois de alguns momentos de silêncio, Xisto teve um pressentimento e, num raciocínio rápido, exclamou:

— Kibrusni, você está com... febre... com muita febre...

— Febre? Que é isso?

— Uma espécie de reação do organismo quando atacado por germens virulentos.

— Aqui não existe isso — tornou Kibrusni, com a respiração um tanto ofegante.

— Sim ou não, a verdade é que você está doente. Entre na astronave e fique deitado em minha cama enquanto vou ver se acho seu pai.

— Que é aquilo? — gritou Bruzo, de olhos esbugalhados, apontando para o grande bólido que caíra junto da astronave.

Da massa escura, como que marejava um líquido gelatinoso e esbranquiçado que, aos poucos, foi se estendendo por todo o astrolito. Xisto ficou visivelmente intrigado e preocupado. Uma ameaça pairava no ar, ele bem o sentia... O menino invisível foi enrolado num cobertor com recomendação de Xisto para ficar bem quietinho até que ele voltasse.

— Senhor Xisto — disse Kibrusni — é melhor ir de libélula. Vou chamar a minha. Uso-a pouco porque gosto de pular e deslizar pelo chão.

Assim dizendo, o menino invisível soltou um longo assobio que repercutiu longe. Minutos depois chegava um inseto ensinado e aniveava junto da cosmonave. A libélula era menor do que as outras e tinha asas transparentes. Enquanto viajava pelos ares, Xisto viu uma coisa que o intrigou: dos astrolitos que haviam caído saía a mesma substância branca e gelatinosa que percebera no bólido perto da astronave! Com espanto verificou que o fenômeno crescia e se multiplicava a olhos vistos! Guiando-se pela torre alta e vermelha da Usina Atômica, Xisto dirigiu a libélula naquela direção, com a esperança de encontrar o pai de Kibrusni. Urgia chegar, pois a cada minuto que passava mais se estendia sobre o solo o apavorante e leitoso manto que aumentava vertiginosamente. Ao entrar na Usina, Xisto encontrou um cientista biólogo. O homem tinha o rosto vermelho, a respiração ofegante, e tossia com tal violência que deitava um pouco de sangue pela boca.

— Peste! — gritou ele. — Estamos todos atacados de peste! Dito isso, tombou no chão, já em estado de coma. Três minutos depois, era cadáver. Uma mulher alta e loura, bastante bela, aproximou-se. Era a irmã de Kibrusni. A moça, com voz entrecortada pela tosse, pôs Xisto a par da gravidade da situação: germens patogênicos desconhecidos, vindos nos bólidos, haviam encontrado em Nívea ambiente altamente favorável, o que desencadeara uma proliferação violenta e repentina dos microrganismos.

— Mas o que significa aquela substância viscosa? — perguntou Xisto, mostrando a massa branca gelatinosa que vinha escorrendo pela sala adentro.

Perturbada pela tosse e pelo terror, a moça tentou explicar que os germens estavam envolvidos em cápsulas de gelatina que, por razões desconhecidas, haviam sofrido em

Guiando-se pela torre alta e vermelha da Usina Atômica, Xisto dirigiu a libélula naquela direção.

Nívea aquela monstruosa multiplicação. Quanto ao Sábio Atômico, estava na sala do reator tentando, em vão, atacar os microrganismos por meio de irradiações fortíssimas sem resultado algum.

— Chegou o fim de Nívea! — exclamou a moça desesperada.

Gritos, estertores de tosse, eram ouvidos por todos os lados. Xisto, meio desorientado, procurou raciocinar o mais rapidamente possível, e só teve um impulso: voltar à astronave! Saltando aqui e acolá nos "intervalos" do chão, já quase totalmente invadido pela gelatina, escorregando por vezes na repugnante, malcheirosa substância, conseguiu finalmente chegar até a libélula que permanecia no mesmo lugar onde a deixara. Do alto, Xisto tornou a ver o branco lençol leitoso que, inexoravelmente, ia cobrindo o planeta.

— Vão morrer todos sufocados! — pensou ele, pasmado.

Ao chegar junto da astronave, encontrou Bruzo em perfeito estado de saúde física, mas em completa desorganização mental, apesar de estar devidamente "treminholado". Arquejante, sempre interrompida pela tosse, ouvia-se a respiração que vinha do leito onde estava Kibrusni, o menino invisível, já quase em estado de coma.

— Estranho... — disse Xisto a Bruzo. — Nem você nem eu apanhamos a peste. Certamente os pulmões niveanos são diferentes dos pulmões dos terrestres. Nosso fim será outro, Bruzo! A menos que vivamos o resto de nossos dias trancados na astronave, afogados nesse mar de gelatina. Veja como a massa vem se aproximando!

— Que horror! — choramingou Bruzo, caindo em prantos, enquanto Xisto puxava a libélula para dentro do navio espacial.

Desta vez não havia mesmo jeito! O fim estava próximo.

— Sabe de uma coisa, Bruzo — disse Xisto, dirigindo-se à astronave. — O melhor é a gente entrar nesse caixão enfeitado de algas e ficar esticadinho esperando a morte.

Bruzo arregalou os olhos e não disse nada.

A GELATINA DA MORTE

Mal se viu encerrado em sua nave, Xisto tentou inutilmente comunicar-se com a Terra. Quem sabe? Talvez Van-Van e Protônius pudessem entrar em contato com os químicos e médicos de seu planeta para lhes ouvir a opinião. Inútil. Estava difícil a ligação. Possivelmente a "coisa", que se desenvolvia furiosamente lá fora, estivesse perturbando os contatos... O mais esquisito é que, enquanto viajava pelo Espaço sideral, o moço jamais sentira aquela sensação de enclausuramento. Agora, entretanto, tinha a impressão de que iria morrer asfixiado, apesar da constante renovação da atmosfera, proporcionada pelas algas. Pelo "olho eletrônico" tentou verificar o que se passava fora. O resultado foi desanimador: enormes massas brancas continuavam se aproximando. Sua angústia aumentou: ficariam para sempre sepultados debaixo do repelente oceano de gelatina. O ambiente era tenso, dramático... Uma tosse aflitiva se fazia ouvir seguida de palavras desconexas. Kibrusni delirava, atacado de violenta febre. Bruzo nada dizia, fixando o amigo com olhos esbugalhados.

— Estou com frio! — reclamou Kibrusni, com sua vozinha infantil!

— Bruzo — disse Xisto — traga-me seu casacão de couro. Vamos colocá-lo por cima do cobertor.

— Huummm... Está fervendo, coitadinho — comentou ele, sentindo o calor da febre na testa do menino invisível.

Um cheiro esquisito e meio azedo saía de um dos bolsos do casaco de Bruzo. A fim de verificar o que era, Xisto enfiou a mão nele e tocou numa coisa empastada que puxou para fora.

— Meu pastel de queijo! — gritou ele, espantado. — Então foi você, seu malandro, quem escondeu o maior dos pastéis, justamente o que parecia mais gostoso, quando eu fazia minha última refeição na Terra? Que brincadeira foi essa, hem?

Bruzo ficou vermelho e confessou que, atacado de gulodice aguda, escondera o pastel para curti-lo depois, às ocultas. Esquecera-se dele, entretanto, e agora... fora apanhado em flagrante.

— Que papel feio! — continuou Xisto, levando a coisa em brincadeira. — E veja o que virou o meu rico pastelzinho! Quero ver se você tem coragem de comê-lo agora, assim coberto de mofo como está...

De repente a fisionomia de Xisto se transformou:

— Mofo... Mofo... — repetia ele, excitadíssimo, como que raciocinando alto. — Bruzo, meu velho, ponha depressa a libélula para fora. Devo sair já e já!

E assim dizendo, começou a cantarolar:

"Mofo, mofinho, mofão,
Mofo do meu coração"...

— Ficou doidinho — pensou Bruzo, abrindo, trêmulo, a cosmonave e empurrando o inseto pela porta. — Piradinho mesmo!

Xisto saltou para fora, afundou os pés na pegajosa gelatina que já se acumulava em torno da nave, cobrindo-lhe quase até os joelhos, e gritou, alucinado, para a libélula, pousada na massa esbranquiçada:

— Vamos decolar, rápido!

Enquanto voava, pôde ver o mar transformado num pastoso e ondulante colchão branco.

— Nívea sepultada em gelatina! — exclamou o moço, acabrunhado. — Triste fim o de minha aventura!

Sempre guiado pela torre vermelha da Usina Atômica, para lá se dirigiu novamente. A dificuldade para descer foi maior do que imaginava. A pegajosa "enchente", que já se elevava a cerca de um metro do solo, encharcava a roupa do moço. Mal atravessou a porta, encontrou cadáveres de niveanos vitimados pela doença. Outros, deitados aqui e ali, arquejavam. Ao ver o Sábio Atômico, cujo rosto estava vermelho pela febre, Xisto foi gritando, alucinado:

— Pneumococos! São pneumococos os germens que vieram dentro dos bólidos! Todo mundo está de pneumonia ultravirulenta! Custei a descobrir isso!

Assim dizendo, tirou do bolso o mofado pastel de queijo encontrado no casaco de Bruzo, mostrou-o ao Sábio e, em rápidas e agitadas palavras, contou-lhe que do mofo, ocasionalmente formado num tubo de cultura de laboratório examinado por médicos da Terra, partira a descoberta de um poderoso antibiótico que liquidava certos germens rapidamente. E os sintomas apresentados pelos niveanos eram iguais aos que Xisto observava frequentemente em seu planeta, nas pessoas atacadas de pneumonia, consequente à invasão dos pulmões por pneumococos, germens que não resistiam à penicilina, nome da droga fabricada com... mofo.

— Só Deus pode nos valer! — exclamou o Sábio. — Tentemos ampliar a ação bactericida desse agente, pois necessitamos de uma quantidade fabulosa e potentíssima para salvar Nívea.

Cambaleante e amparado por Xisto, o pai de Kibrusni vestiu a custo uma roupa de chumbo e pediu ao amigo terrestre que fizesse o mesmo. Assim protegidos, ambos entraram na sala do reator. No meio de palavras desconexas, devido ao delírio da febre, o mestre niveano disse:

— Agora deixe-me só, e ore para que eu tenha forças e possa cumprir o meu dever. Vou tentar a mais emocionante experiência de minha vida!

Xisto saiu, pálido, da sala do reator, receando que a confusão mental proveniente da alta temperatura perturbasse o raciocínio do Sábio Atômico, impedindo-o de fazer o que desejava. Minutos angustiosos se passaram, nos quais, por mais de uma vez, o moço escorregou na enchente que aumentava... aumentava... Levantando-se a custo, procurava conter o enjoo que sentia. Súbito, ouviu um ruído de água fervendo e notou que a nojenta gelatina borbulhara. Então, com grande surpresa, viu que a massa começava a encolher, diminuir, diminuir, até se transformar numa espécie de coscorão escuro e seco, sem vida! Perplexo, Xisto compreendeu tudo: submetido à violentíssima carga de prótons, o mofo que se achava no pastel de queijo teve sua ação bactericida aumentada bilhões de vezes. E, graças à radioatividade, o antibiótico se espalhava rapidamente pelo ar, e agira com espantosa eficiência atravessando as salas de paredes de vidro. Minutos depois surgiu o Sábio lívido, quase esverdeado, e entregou a Xisto um par de luvas pesadas e negras.

— Calce-as, porque protegem contra a radioatividade — ordenou ele. E em seguida entregou-lhe um saco cheio de pedaços de mofo superativado.

— Espalhe-os pelos ares, por todos os cantos de Nívea — continuou o pai de Kibrusni. — Reproduzir-se-ão com rapidez ainda maior do que a dos pneumococos!

Pisando entre montões de detritos, Xisto chegou lá fora e montou na libélula, que continuava perto da Usina, alheia a tudo, pousando na desolada paisagem seus olhos vazios de inseto. Mal começaram a voar, Xisto olhou para baixo e foi atirando os pedaços de mofo que retirava do saco com suas mãos enluvadas. Mal tocavam no solo coberto de gelatina, esta começava a ferver, transformando-se em cascas ressequidas! Dir-se-ia que Nívea inteira se convertera num depósito de lixo.

— Você morreu? Virou fantasma? É seu fantasma que estou vendo? — disse Bruzo, com olhos sonolentos de "treminholado", ao ver seu amigo chegando.

Nesse mesmo instante, Xisto sentiu uma coisa pesada que agarrou seu pescoço e dependurou-se nele. Ainda perturbado pelas suas emoções, soltou um grito de susto, sem saber de que se tratava. Uma risadinha infantil esclareceu tudo.

— Kibrusni! É você? Melhorou?

— Acho que sim, senhor Xisto.

O misterioso agente — na terra conhecido como penicilina — salvara rapidamente, graças à violenta carga de radioatividade, a vida de quase toda a população de Nívea!

— Uff! — respirou Xisto, aliviado, caindo exausto na cama. Agora poderia — tão logo recuperasse as forças — preparar-se para enfrentar em Minos o misterioso Rutus, "O Que Não Tem Sangue"... A "pneumonia nuclear" liquidara um certo número de niveanos, e os cosmonautas ignoravam se o Sábio Atômico sobrevivera ou não ao esforço despendido com a experiência. Em caso negativo, fracassaria a viagem a Minos, pois a cosmonave parecia irrecuperável e os planos de Xisto dependiam do pai de Kibrusni, que prometera ceder uma cápsula fotônica para aquele fim.

Exausto, Xisto dormiu e só acordou no dia seguinte. Ao sair da nave, estendeu o olhar pela planície deserta, encharcada de destruição. As próprias plantas haviam morrido em contato com a geleia radioativa. E as borboletas gigantes haviam sumido, possivelmente atingidas pelas emanações letais dos pneumococos, superativados pela energia nuclear.

RUMO A "O QUE NÃO TEM SANGUE"

AO acordar na manhã seguinte, o primeiro pensamento de Xisto foi procurar saber se o Sábio Atômico havia ou não sobrevivido à tragédia. Além do natural interesse pelo estado de saúde do pai de Kibrusni, afligia-o a passagem do tempo que diminuía cada vez mais o prazo dado por Rutus para a invasão da Terra. Urgia partir para Minos, enfrentando o "clímax" de sua louca aventura. Deixaria para a volta (caso saísse vivo do planeta governado por "O Que Não Tem Sangue") a tentação de lhe conhecer as diferentes particularidades. Utilizando-se da libélula do menino invisível, Xisto voltou à Usina, onde teve a alegria de encontrar vivo, ainda que profundamente abatido, o Sábio Atômico.

— Seja bem-vindo o nosso salvador — exclamou ele, ao ver o moço chegar.

— Não precisa me agradecer nada — disse Xisto. — Fui apenas um simples instrumento da Divina Providência. Não é à toa (continuou ele para si mesmo) que gosto de meus pasteizinhos de queijo. . .

Fizeram um balanço geral da situação e o Sábio agradeceu a Xisto o carinho que tivera com Kibrusni.

— Mas, e as plantas, os bichos, as borboletas gigantes? — perguntou o terrestre.

— Não se preocupe. Felizmente ficaram sementes, larvas e alguns animais que escaparam. Graças às aplicações positivas de energia nuclear, a harmonia será restabelecida, e tudo ficará como dantes.

Xisto avisou ao Sábio que decidira partir imediatamente para Minos e disse que preferia tentar chegar até o planeta de Rutus em sua própria astronave, mesmo avariada. Fora construída por Protônius e Van-Van — seus queridos amigos terrestres — e desejava conseguir a vitória ou enfrentar o fracasso através dela. Em vez da cápsula fotônica niveana que o Sábio lhe havia oferecido, aceitaria, isto sim, que um motor a fótons com piloto automático fosse adaptado em sua nave. O pai de Kibrusni prometeu aprontar tudo para a manhã seguinte, apesar de achar completamente insensata aquela viagem. Que amor profundo tinha aquele moço por sua terra e sua gente! E, sobretudo, que fé em Deus e em si mesmo possuía! Ao voltar para a cosmonave, Xisto teve uma desagradável surpresa. Bruzo fora brincar com Kibrusni de "cabra-cega" e, num dos saltos para atingir o menino invisível, caíra e sofrera um acidente que parecia sério. Seu amigo contorcia-se no chão, gritando de dor. Pouco depois chegou o Sábio. Concentrando-se, descobriu que Bruzo fraturara gravemente a coluna vertebral.

— Tentaremos curá-lo, mas, na melhor das hipóteses, isso levará uns dez dias — disse o pai de Kibrusni.

— Parto, então, sozinho para Minos — decidiu Xisto. — Preciso aproveitar o tempo. Não posso esperar mais.

— Deixe Bruzo conosco — tornou o Sábio. — Minha filha, Kibrusni e eu cuidaremos dele.

O resto do dia foi ocupado com os preparativos: Xisto examinou o laboratório-mirim feito por Protônius, assim como os vidrinhos misteriosos que sempre trazia consigo: estava tudo em ordem. Um colete espacial contra radiações lhe foi oferecido pelo Sábio que, além disso, lhe deu vários conselhos relativos ao modo de se proteger contra o tal raio quente. Rutus certamente o desfecharia sobre ele, ainda que fosse para o aterrorizar apenas... Infelizmente a lente "para ver além das coisas" e a pilha do "transmissor de pensamento" tiveram de ser retiradas, pois só funcionavam em contato com a atmosfera de Nívea. A certo instante, Bruzo chamou-o e entregou-lhe um embrulhinho.

— O que é isso?

— Treminhol.

Xisto não aceitou e respondeu, rindo: — É fraco... Estou levando comprimidos de Pavorex, para medos agudos.

E assim, rodeado das possíveis garantias e envolvido pelos bons desejos de todos os niveanos, nosso Xisto rumou para o misterioso planeta Minos.

Serena, aumentando aos poucos de velocidade, a astronave navegava pelo Cosmos.

Através do "olho eletrônico", Xisto via os asteroides e planetas, uns mais longe, outros menos, a se baloiçarem no espaço infinito, sustentados por invisíveis redes magnéticas. Um mundo mais próximo lhe chamou a atenção. Preparou seus instrumentos, focalizou-o e analisou-o, descobrindo um planeta pequeno mas muito denso, formado de ouro. A presença desse metal era tão grande que as montanhas do acidentado solo tinham um brilho estupendo.

— Ouro! — exclamou Xisto. — Quantas loucuras se faziam na Terra por causa dele...

Fixando bem as lentes, o moço procurou sinais de vida animal ou vegetal: não encontrou o menor vestígio. Após trezentas horas de voo, um novo corpo celeste se tornou visível. Dessa vez tratava-se de um bloco de rocha árido, desolado e sem água, dotado de atmosfera pobre, construída de gases raros, como o argônio. Anéis e crateras de atividade vulcânica foram nitidamente percebidos. Ali também nenhum sinal de vida. Xisto começou a sentir falta da companhia de Bruzo para conversar, trocar ideias. Adormeceu, até que, ainda não de todo acordado, sentiu que tudo em torno começava a girar. Alguma tontura? A sensação do rodopio intensificava-se e, já bem desperto, verificou que os motores estavam como que parados, enquanto a cosmonave fazia, a baixa velocidade, movimentos circulares. Girava, girava, girava, inexplicavelmente. Que seria aquilo, santo Deus? Através do "olho eletrônico", Xisto viu uma coisa surpreendente e compreendeu tudo: caíra na cauda de um daqueles vagabundos do espaço, conhecidos pelo nome de cometas, que por perto passara, em sua trajetória, vindo lá dos confins do Universo. O núcleo do cometa, sendo pequeno e pouco denso, sua força de atração era quase nula e insuficiente para abalar corpos sólidos. Estava explicada a ligeira perturbação sofrida pela astronave, envolvida que fora pela nuvem gasosa da poeira cósmica que formava a luminosa cabeleira do cometa. Que fazer? Nada. Apenas aguardar que o misterioso corpo celeste continuasse seu curso pelo espaço até que, aos poucos, fosse enfraquecendo a força de atração que agia na cabina espacial. Dito e feito. Horas mais tarde, a astronave, graças ao piloto automático, rumava normalmente outra vez para Minos. Algum tempo depois, Xisto sentiu que fora localizado por um radar desconhecido. De que mundo, evidentemente habitado por seres inteligentes, viriam aqueles sinais? Seria prudente "confundir" o hipotético amigo... ou inimigo, endereçando-lhe falsos ecos... Xisto ainda nem chegara a tomar essa providência quando a astronave sofreu violenta sacudidela que o moço atribuiu a alguma perturbação em seu campo magnético. Assustado, Xisto viu então, através da televisão interplanetária, uma cena que o arrepiou: uma explosão atômica num asteroide. Alguma humanidade tresloucada não soubera lidar com a poderosa energia. Um gigantesco cogumelo negro, lúgubre, subia pelos ares, queimando e destruindo tudo. Xisto focalizou bem o olho eletrônico e percebeu claramente uma coisa que ainda mais aumentou o seu horror: seres estranhos corriam, desarvorados, e se liquefaziam rapidamente, derretidos como manteiga no solo ardente, onde nada mais ficava do que o desenho de vagas silhuetas. Uma chuva de fuligem radioativa despencou sobre aquele desgraçado mundo. O moço fechou os olhos, e pediu a Deus que, de um modo ou de outro, socorresse aquelas criaturas vitimadas pela própria imprudência. A claridade era pequena e pouco faltava para que a cosmonave chegasse a Minos. Pelo olho eletrônico Xisto percebeu, inquieto, uma forma alada enorme e negra que voava exatamente em sua direção. E um vago e desagradável pressentimento aumentou seu mal-estar.

* * *

Enquanto isso... longe, tão longe que seria impossível calcular a distância, girava a Terra em seu ininterrupto ciclo de noites e dias. Estendido no chão, no mais violento de seus faniquitos, jazia o cada vez mais velho Professor Van-Van. Um novo aviso proveniente de Minos acabava de ser captado pelo radar. Protônius, completamente descabelado, trazia para o povo, que invadia o laboratório dos astros sábios, a mensagem.

"Prazo quase esgotado. Se Xisto não chegar dentro de oitenta horas, iniciaremos a invasão da Terra — Assinado: Rutus, O Que Não Tem Sangue".

O VAMPIRO

MINOS à vista! Emocionado, Xisto pôs em funcionamento os motores fotônicos de desaceleração, fechou os olhos e orou, enquanto a astronave diminuía de velocidade. Por medida de precaução, colocou o colete contra radiações que o Sábio Atômico lhe dera. O traje espacial seria desnecessário, pois a composição geológica do planeta e dos gases que o envolviam eram bastante semelhantes aos da Terra. A estranha forma negra, cada vez mais próxima, se dirigia à cápsula espacial, isso não havia dúvida. "Que fazer? Como agir?" pensou Xisto angustiado. A "coisa" veio chegando, chegando, ficando cada vez mais negra, cada vez maior, até que investiu contra o seu alvo, envolvendo-o com suas asas enormes.

— Um morcego gigante! — exclamou Xisto, apavorado.

Nada havia a fazer senão prosseguir em direção à meta final. Acionado por radiações infravermelhas provenientes de Minos, o piloto automático funcionou perfeitamente e, em poucos minutos, a nave, sempre atacada pelo agourento animal, aminossou normalmente numa planície.

— O calhorda desse Rutus sabe de minha chegada — pensou Xisto. — Esse pavoroso morcego deve ser o arauto do Senhor de Minos!

"O Que Não Tem Sangue" certamente encarregara seu "secretário particular" de receber o esperado visitante para lhe dar as "boas-vindas" ou melhor as "péssimas vindas"... Mal saiu da astronave, graças à meia claridade, o moço reparou melhor no colossal morcego que já havia... voado para junto dele. Era simplesmente medonho! Tinha fisionomia grotesca e era dotado de largas asas membranosas e desprovidas de penugem. Alguns segundos mais, e o bicho investiu com fúria contra o peito de Xisto como que tentando arrancar-lhe o coração. — Que animal estúpido! — exclamou ele. — E é da espécie *Desmodontes vampyri*... um sugador de sangue! — Protegido pelo colete, o moço lutava, tentando desviar-se dos golpes. Dotado de uma espécie de "sonar" semelhante aos que os navios utilizam na localização de submarinos, o animal, em pleno voo, percebera o algo móvel à distância, calculara com precisão a trajetória e atirara-se brutalmente contra a cabina espacial. A laringe do vampiro emitia cerca de uma centena de pios ultrassônicos por segundo, inaudíveis aos ouvidos humanos, que, em seguida, voltavam como ecos captados pelas orelhas do morcego, cujo cérebro hipersensível computava os dados e controlava a velocidade e direção do voo, rumo à presa. Apesar de não conseguir o seu intento, o vampiro insistia no ataque, enquanto Xisto se defendia como podia.

— Vorcex! — gritou, de perto, uma voz enérgica.

Xisto olhou na direção do som e viu um simpático homúnculo de olhos miudíssimos, que não teria mais de 20 quilos de peso e meio metro de altura. O pequeno ser projetou, através de instrumento desconhecido, uma faixa de luz forte no rosto do vampiro, que imediatamente pendeu a cabeça e caiu no chão, como que desacordado, pois vivia nas trevas e a claridade o desarmava.

— Desculpe, senhor — disse o anão, dirigindo-se a Xisto. — A única proteção que possuímos contra a "mascote" de Rutus é esse raio luminoso. Não se assuste, porém. Os vampiros são inofensivos à claridade do sol — e este não demora a raiar. Vejo que o senhor é de outro planeta. Que veio fazer neste mundo dominado pela maldade?

Confortado por ter encontrado alguém que lhe falava com simpatia, Xisto em poucas palavras contou àquele já seu quase amigo a estória toda.

— Então o senhor veio mesmo da Terra? — tornou ele, curioso. Quem diria que iria encontrar o próprio... Xisto! Não deveria ter feito essa loucura! Melhor deixar que os minositas invadissem o seu planeta... Sabíamos das ameaças de Rutus, mas jamais acreditamos que algum terrestre tivesse a coragem e a capacidade de chegar até nosso mundo distante. De qualquer modo, amigo... Xisto, conte, com a boa vontade do pequeno Glínio.

— Mas, quem é você? E quem é aquele homem de três metros que vem vindo ali? — perguntou nosso herói,

— Mas, quem é você? E quem é aquele homem de três metros que vem vindo ali?

apontando para um mal-encarado gigante que passava, metido num traje metálico prateado, igual ao de Glínio. (Mais tarde Xisto ficaria sabendo que a maldade em Minos era tanta, que todos os seus habitantes foram obrigados a usar uma espécie de "camisolão nuclear" que lhes produzia, em volta, um campo magnético protetor.)

E Glínio contou sua própria estória:

— Antes de mais nada, amigo Xisto, (permita-me chamá-lo assim) não se admire de que eu conheça a sua língua. Todos os minositas sabem falar o idioma terrestre, pois a ciência acústica se acha espantosamente desenvolvida em Minos. Tão logo planejou a invasão da Terra, Rutus nos obrigou a estudar a língua que se falava lá.

À claridade do dia que se acentuava, Xisto reparou melhor em Glínio e nos seres esquisitos que trafegavam de um lado para outro. Eram lívidos, quase esverdeados, e nenhum tinha tamanho normal: gigantes ou anões. Nada diziam e nem sequer olharam para o moço terrestre. Assim como Glínio, possuíam orelhas enormes, olhos minúsculos enfiados no fundo das órbitas, e embaçados como os dos peixes. A constante preocupação em praticar o mal ou em defender-se contra ele, dava-lhes aos rostos uma expressão envelhecida e cansada, jamais alegrada por um sorriso.

— Mal chegou ao poder — continuou Glínio — o misterioso e perverso Rutus, que se diz monstro proveniente de outro planeta, aproveitou seus conhecimentos científicos para desenvolver a maldade. Mediante testes especiais feitos em crianças, as tendências do caráter logo se revelam. Se o menino é bom, submetem-no imediatamente a uma carga de antiprótons que lhe impede o crescimento.

— E você é dos tais, não é? — interrogou Xisto.

Glínio esboçou um vago sorriso e olhou modestamente para baixo. Nesse momento, Vorcex levantou-se cambaleante como se estivesse tonto e foi se arrastando pelo chão, de asas abertas, em outra direção.

— O vampiro vai recolher-se a seu abrigo, desarmado pela claridade — explicou o anão. — Quanto aos gigantes que você vê passando, com eles sucedeu exatamente o contrário; desde cedo revelaram maus instintos, que foram cuidadosamente desenvolvidos. Para mais lhes aumentar a força, sofreram irradiações atômicas que lhes facultaram um crescimento muito acima do normal. Como é óbvio, os gigantes dominam a nós — os pobres... anões — completamente. Meu pai — infelizmente o maior... gigante de Minos — era amigo de Rutus e, antes de morrer, pediu-lhe que fizesse qualquer coisa pelo filho que, segundo ele, "degenerara", isto é, nascera com bons instintos. Esse filho, senhor Xisto... sou eu! Ainda que me repugnasse receber qualquer favor de Rutus, lembrei-me de obter alguma coisa em benefício dos colegas anões. E assim me tornei uma espécie de representante de minha classe junto do Senhor de Minos. Foi, por exemplo, graças a mim que os anões (isto é, os bons), antes enclausurados, conseguiram certa liberdade, podendo andar misturados com os gigantes. É, porém, um sacrifício horrível para mim enfrentar "O Que Não Tem Sangue". E isso sem falar no medo permanente, no horrível estado em que se acham meus pobres nervos...

Xisto, bastante deprimido com aquela conversa, disse angustiado:

— Mas... quando verei Rutus? O que tem ele nas veias em vez de sangue?

— Nosso inimigo é filho das trevas, e só tem vida à noite. Certamente a entrevista será depois que o sol se esconder. Quanto ao que ele tem nas veias... ninguém sabe e nem ousa indagar. Odiamo-lo, mas não podemos fugir dele: é invencível. O segredo e a aberração de sua existência são absolutamente impenetráveis!

Passou um gigante magríssimo que lançou forte cusparada na direção de Glínio.

— Veja os vexames a que nos sujeitamos! — queixou-se ele.

Enquanto isso, Vorcex, sempre se arrastando pelo chão, desaparecia na distância, emitindo ruídos agourentos.

— Como é depressivo este planeta! — pensou Xisto. — Tudo em cinza e negro! Que saudades da beleza e do perfume das flores, do colorido dos pássaros e das borboletas, da risadinha alegre de Kibrusni...

Num impulso natural, o rapaz tirou o lenço impregnado de essência de feno e aspirou-o. Aquele cheiro sugestivo e impregnado de boas recordações fez-lhe bem. Mal guardara o lenço, uma coisa esquisita sucedeu: Xisto sentiu... pingos de água em sua cabeça e no rosto. Chuva? Não. Em torno dele continuava tudo seco, árido. Os pingos tornaram-se mais grossos, mais frequentes, fazendo com que ele, num impulso natural, começasse a correr. E foi aí então que ele percebeu realmente o que sucedia: estava sendo... perseguido por uma chuva... individual! Desviava-se, ziguezagueava... tudo em vão... Ficara encharcado!

— Foi Rutus — gritou Glínio, penalizado. — Finja que não está dando importância. Ele quer apenas assustá-lo e dar uma demonstração de força.

— Acho que vou morrer antes mesmo de encontrar "O Que Não Tem Sangue" — gemeu Xisto.

— Não creio. Rutus o prefere vivo, todos os minositas o sabem.

— Mas que chuva pessoal é essa?

— Nada mais que uma coisa explicável. Rutus, cuja inteligência e conhecimento científico são tão grandes quanto sua maldade, mandou os sábios minositas colocarem no espaço interplanetário um enorme espelho de múltiplas facetas, através do qual se concentra a energia solar em determinados pontos do planeta. Dessa maneira torna-se possível iluminar cidades durante a noite e... desencadear chuvas em horas e lugares determinados. Aí está a explicação.

Nesse mesmo instante um raio explodiu perto do moço e, como por encanto, a chuva cessou.

— Vou lhe mostrar nosso planeta durante o dia, enquanto não chega a noite. Com certeza Vorcex virá avisá-lo no momento oportuno para a entrevista com Rutus.

— O vampiro?

— Sim. Mas faça de conta que não tem medo, e siga-o. Basta proteger o peito, pois Vorcex às vezes não consegue conter o impulso de sugar sangue diretamente no coração das vítimas.

— Ajude-me Glínio — pediu Xisto, quase desfalecendo. — Estou um tanto desarvorado, confesso...

— É difícil. Verei, entretanto, o que posso fazer para ajudá-lo.

O PLANETA DO MAL

Uma inesperada coragem tomou conta do jovem. Coragem ou... inconsciência? Fosse o que fosse, agora não havia jeito senão aguentar até o fim...

— Vamos andar um pouco — disse Glínio.

As pernas de Xisto tornaram-se pesadas, e como que se arrastavam no chão. Dir-se-ia que algum minério imantado escondido no solo atraía seus pés. Minos parecia ter mais ou menos o mesmo volume de Nívea, mas a sua força de gravidade era infinitamente superior à do planeta onde ficara Bruzo.

— Será melhor irmos de... carro — objetou Glínio. — Convém poupar as forças para a... noite.

A um sinal misterioso do pequeno minosita surgiu uma espécie de concha metálica e sem rodas, que deslizava a meio metro do solo, como se estivesse sustentada por um colchão de ar. Disfarçadamente, Xisto observava o minúsculo companheiro sentado a seu lado. Como era feio, com aquelas orelhas enormes, pele esverdeada, olhinhos miúdos enfiados no fundo das órbitas! Parecia um bicho.

O carro começou a escorregar rápida e silenciosamente, fazendo com que Xisto experimentasse uma sensação agradável de voo a poucos metros do chão. Acima dele, em diferentes faixas aéreas, o tráfego era intenso. Instalados em conchas semelhantes à de Glínio, os feios minositas se locomoviam em todas as direções. A paisagem era impressionante, composta de alamedas de cactos agressivos e florestas de mandrágoras, cicutas e outras plantas venenosas, quadruplicadas pela radioatividade.

— Mas será que não existem flores, borboletas, por aqui? Os passarinhos não cantam? — indagou Xisto, angustiado.

— Rutus destruiu as pequeninas coisas que alegram e embelezam a vida. Apenas poupou as plantas daninhas e os animais e pássaros nocivos. Veja a obra-prima dos cientistas eletrônicos de Minos — disse Glínio, apontando para uma descomunal orelha metálica, instalada em cima de um pedestal.

Era brilhante e tinha cerca de trinta metros de altura.

— Eis ali o "Ouvido Interplanetário", que capta os ruídos de vários planetas do Cosmos, um de cada vez, dentro das próprias faixas, sintonizadas à escolha do operador. Foi graças a esse instrumento que nosso planeta captou e registrou os sons procedentes da Terra. Se não fosse isso, os minositas jamais poderiam aprender vossa língua.

— Mas como podem chegar até vocês os sons da Terra, através do espaço vazio? — perguntou Xisto.

— Uma explicação detalhada seria longa demais — tornou Glínio. Em linhas gerais trata-se do seguinte: as palavras e os ruídos de vosso planeta, por meio das estações de rádio da própria Terra, são transformados em ondas eletromagnéticas que atravessam o espaço e chegam até nós. Na "Orelha" há um mecanismo eletrônico que faz uma reconstituição fiel dos sons terrestres, e reproduz em Minos exatamente como são. Mas... continuando nossa conversa... aconteceu que Rutus irritou-se porque meus colegas, "os pequeninos", estavam maravilhados com as músicas e os cantos dos passarinhos terrestres que o "Ouvido" reproduzia. Por ordem sua, o aparelho foi alterado e hoje apenas "O Homem Alto" pode ligá-lo ou desligá-lo.

— Quem é "O Homem Alto"?

— O secretário particular de Rutus e o dono de Vorcex, o Vampiro.

— Mas... onde vou ficar... hospedado? — perguntou Xisto.

— Ninguém sabe. À noite tudo estará decidido.

— Afinal de contas em que cidade, em que região de Minos estou?

— Esta é a zona central do planeta. Não temos cidades propriamente, mas sim um núcleo principal que é este. Estamos chegando à parte chamada "Alta", onde moram os "grandes". Repare naqueles enormes cabos metálicos. São as casas dos gigantes.

Xisto achou-as horríveis e completamente inexpressivas.

— Então você chegou, cretino? — disse uma mulher enorme que passava, cumprimentando Xisto com ironia.

Era antipática, e seus cabelos lembravam pelos de vassoura.

— Finja que não ouviu — recomendou o anão.

— E você não fica com o pescoço doendo de tanto olhar para cima quando fala com os gigantes? — comentou Xisto, sorrindo pela primeira vez desde que aminossara.

Mudando de assunto, Glínio disse:

— Estamos chegando à Casa das Maldades. Exatamente neste momento ali está sendo realizado o Simpósio das Grosserias.

— Credo! Que é isso? Que Casa é essa?

— É uma espécie de escola de treinamento para as crianças que desde cedo revelaram maus instintos. Entremos.

A tal Casa, como as outras, era também metálica e parecia um enorme frigorífico dividido em câmaras. Sentadas em mochos na primeira sala, algumas meninas recebiam aulas de insultos. Se bem que pelo tamanho aparentassem sua idade real (cinco ou seis anos), eram precocemente envelhecidas e tinham ar triste. Deveriam sofrer algum tempo depois irradiações atômicas que desencadeariam nelas um crescimento anormal para que melhor pudessem dominar os bons. A chegada de Xisto na classe provocou espanto e rebuliço nas alunas. As crianças aproximaram-se, querendo tocar e dar trancos e chutes no homem da Terra.

— Quietas! Voltem todas a seus lugares! Continuemos a aula! — berrou a professora.

— RPLTZST... GRUNCHSN... NIPKLM... — dizia ela, enquanto as meninas repetiam os termos em coro.

— Que nomes são esses? — perguntou Xisto.

— Não vale a pena traduzir — tornou Glínio. — São palavrões medonhos. Passemos adiante.

No quarto seguinte, outro grupo de crianças fazia um curso intensivo sobre beliscões fininhos, aprendendo os lugares onde eles doíam mais. Tudo isso a fim de aborrecer os... anões de Minos. A presença de Xisto causou escândalo entre os meninos, que custaram a se acalmar.

Atravessaram outra sala, na qual um gigante treinava com os garotos alguma coisa incompreensível: — Um... dois... um... dois... — repetia o professor.

— Não entendo — comentou Xisto. — As crianças continuam silenciosas em seus lugares, não fazem movimentos e não levantam os braços nem pernas. Que exercício é esse?

Glínio explicou: — O professor está treinando com elas uma ginástica para contrair os tímpanos na hora dos pitos dos pais e educadores. Desse modo não poderão escutar nada e nem sofrer nenhuma influência benéfica.

— Mas há... educadores por aqui?

— Entre os anões da "Cidade Baixa", sim, mas são proibidos de entrar em contato com as desgraçadas crianças do mal.

O professor de ginástica para os tímpanos ofereceu a Xisto um *Manual Prático de Ruindades*, onde havia cem receitas de armadilhas para provocar quedas com fraturas em braços e pernas de pessoas idosas, sugestões para pirraçar e ofender os outros desde os primeiros instantes de conversa, etc., etc.

— Mas que horror! — comentou Xisto com Glínio. — Será que essas pobres crianças não correm atrás de borboletas, não sobem em árvores para visitar ninhos de passarinhos, flores... não têm infância, afinal?

— Não. Desde que Rutus dominou o planeta, deu ordens expressas nesse sentido. "ABAIXO A INFÂNCIA!" sempre foi seu lema. Destruamos rapidamente a confiança, a alegria, a pureza, a bondade dos pequeninos! Cultivemos neles o ódio, a vingança, a cobiça, o egoísmo... Preparemo-los para destruir, matar... Tornemo-los, desde já, velhos desiludidos, desgraçados e maldosos...

— Que "fripalta" [1] — esse tal Rutus. E que infelizes são essas... crianças... Ah, Glínio, confesso que estou exausto... Não existe por acaso algum lugar em Minos onde eu possa repousar um pouco? Sinto necessidade de ficar só e de raciocinar com calma. E se eu voltasse à nave e descansasse até a hora da entrevista com Rutus?

---

[1] Palavra inventada por Xisto, que significa "bandido, pessoa ruim".

— Sinto muito — disse o anão minosita. — Seu navio cósmico... já foi recolhido por ordem de "O Que Não Tem Sangue".

Xisto sentiu uma pancada no coração. Estava revoltado e desabafou:

— Mas ele não tinha o direito de fazer isso!

Não adiantava reclamar... a verdade era essa.

— Vou levá-lo à "Cidade Baixa", onde vivo com meus desgraçados irmãos impedidos de crescerem pela radioatividade. De qualquer modo, é gente boa. Se bem que vivamos dominados pelos gigantes, com nossas forças reduzidas pela metade, e sem esperanças de solução, o amigo será ali recebido de braços abertos, pois a lealdade e coragem sempre nos entusiasmam e nos fazem sentir que nem tudo está perdido.

— Francamente, Glínio — disse Xisto. — Prefiro descansar um pouco para recuperar as forças, e conhecer sua região e sua gente depois... caso haja um... DEPOIS... Confesso que estou ficando arrasado!

— Se o amigo quiser, posso deixá-lo deitado no colchão verde.

— Colchão verde? Que é isso?

— Uma espécie de gramado macio ao qual demos esse nome. Não imagina como custei a conseguir de Rutus esse lugar de frescura e repouso para meus companheiros!...

Saíram da Casa das Maldades e voltaram à concha metálica, rumando para a "Parte Baixa" do planeta. No caminho Xisto viu uma coisa esquisita: uma espécie de cosmoporto no qual estavam aminossados... milhares de aparelhos enormes e estranhíssimos, de cor cinza-escuro, em forma de charuto.

— O amigo não é capaz de adivinhar o que seja aquilo. Quer saber, não é? Pois bem: é a flotilha de "Terriks" que Rutus mandou preparar para a invasão da

Terra! Estão prontos para abrigar os minositas e partir rumo a seu planeta, a qualquer momento.

Diante daquela realidade palpável, objetiva, Xisto teve uma noção ainda mais exata da gravidade da situação. Mal reparava nas paisagens que atravessava, tal a sua angústia (e o pior não viera ainda. . .).

Finalmente viu uma planície verde que parecia, realmente, um colchão macio.

— Chegamos, senhor Xisto. Deite-se e descanse. Vou deixá-lo só — tornou Glínio. — Tenho alguma coisa que fazer ainda hoje. "O Homem Alto" virá buscá-lo à noite. Farei o possível para comparecer à audiência com Rutus. Até mais tarde.

RUTUS, AFINAL!

POR incrível que pareça, Xisto conseguiu dormir. Quando acordou já estava começando a escurecer. A primeira coisa que fez foi tirar o saquinho secreto com o laboratório-mirim que trazia junto do peito, e que fora feito na Terra por seu descabelado amigo, o sábio Protônius. Pelo espectrômetro teve confirmada sua suposição inicial: a análise química da matéria encontrada no planeta era semelhante à da Terra, ainda que com maior teor de urânio. O contador Geiger, posto a funcionar, acusou acentuada radioatividade. Apertando o botãozinho do "olho eletrônico" apareceu a pequena tela de televisão, através da qual Xisto pôde examinar o espaço cósmico até uma certa distância. Apesar de pertencer a outro sistema planetário, Minos, tal como a Terra, girava em torno de um sol, com ciclos de noites e dias. E lá estavam astros e planetas desconhecidos, alguns mais luminosos, outros menos, salpicando com sua claridade o que se poderia chamar de um céu já quase penetrado pela noite. E era bonito aquilo tudo. Bonito e pacificante. Seriam mundos habitados ou não?, divagou Xisto, enquanto comia alguns pasteizinhos de queijo concentrados. Ligando o "ouvido eletrônico" e o radar, tentou sintonizá-los com o observatório da Terra. Depois de alguns minutos de inúteis tentativas, o aparelho registrou algumas palavras avulsas, tão distantes que pareciam sopradas.

— Aminossado!... Excelsa gnose!... Ó mirabolante, esdrúxula façanha!

— Van-Van! — gritou Xisto, entusiasmado.

Não havia dúvida: aquelas palavras difíceis, complicadas, aquela diluída voz grave, só poderiam ser do sábio dos sábios, o construtor de sua nave... Com certeza lá da Terra ele e Protônius haviam acompanhado sua trajetória pelo espaço, através do Xistômetro de Van-Van. Mudando de faixa, Xisto tentou ouvir Nívea. Pelos sons captados, verificou que as coisas começavam a se normalizar naquele planeta: o pio dos filhotes de passarinhos, o ruído quase imperceptível de folhas tenras se balançando ao vento, a risadinha alegre de crianças... tudo aquilo significava o maravilhoso dom da Vida e da Paz... Por onde andariam Bruzo, Kibrusni e o Sábio Atômico? Confortado pelas emoções agradáveis que esses contatos lhe trouxeram, Xisto mal percebeu que a noite se espalhava rapidamente pelo planeta. Sentindo suas energias renovadas, rezou, como sempre fazia antes de enfrentar qualquer perigo. Estava pronto para o que desse e viesse. Não tardou que, à luz final do crepúsculo, uma coisa escura surgisse pelos ares voando rapidamente em sua direção, seguida de outra metálica. Dois minutos mais... pluft... O horrendo morcego, que o recebera pela madrugada, despencou-se pesadamente à sua frente. Em seguida, aminossou uma grande concha prateada na qual vinha sentado "O Homem Alto". A criatura foi se desdobrando (era altíssima), saltou fora, e disse secamente:

— Rutus o espera.

Guloso de sangue, o morcego investiu contra Xisto.

— Vorcex! — berrou "O Homem Alto".

O vampiro estacou e retrocedeu, assim como acontecera pela manhã.

Obediente e humilde como alguém que sabe ter de cumprir um destino, Xisto entrou na concha e sentou-se ao lado de "O Homem Alto", que o olhava fixamente, como a querer magnetizá-lo. Precedido por Vorcex, o carro sem rodas levantou voo e tomou rumo desconhecido. Vistas do alto e iluminadas à noite, as casas minositas pareciam ainda mais feias. Xisto teve a impressão de estar atravessando cenários de pesadelo, cenário que... ai!... talvez nunca mais visse... E foi um olhar de adeus o que ele lançou para aqueles cubos metálicos que se sucediam. Voaram mais de uma hora, sempre guiados pelo radar de Vorcex. Nem por uma vez sequer "O Homem Alto" dirigiu a palavra a Xisto que também ficou calado, encolhidinho em seu canto. Finalmente chegaram a uma floresta de plantas carnívoras, tão copadas e desenvolvidas pela radioatividade que se fechavam em cima, deixando livre apenas uma estreita passagem que parecia um túnel, e pela qual entrou a concha, voando baixo. O pobre Xisto sentiu náuseas e tonturas, tão fortes eram as emanações malcheirosas que se desprendiam das árvores. A uma luz avermelhada e de causa desconhecida, Xisto observou que os galhos das plantas carnívoras se curvavam até quase o solo, como se desejassem ameaçá-lo com seus caules entreabertos, que lembravam bocas escancaradas, das quais escorria um líquido viscoso, pronto a digerir a coisa viva que caísse ali.

— Que lugar mais depressivo... O próprio inferno... — pensou Xisto, com a sensação de que estava sendo levado a um abafado subterrâneo.

Finalmente, no fundo do tal túnel, surgiu um portão metálico, no qual estavam esculpidos sinais desconhecidos em alto-relevo, e junto do qual a concha aérea pousou. Vorcex despencou-se no chão, começou a soltar pios e a bater fortemente as asas na entrada do... palácio de Rutus. A porta rangeu e abriu-se automaticamente. À meia-luz, Xisto notou que as paredes — sempre lembrando aço inoxidável — eram altíssimas, naturalmente para atender às características físicas dos "frequentadores" do antro de Rutus...

Guiado por Vorcex e por "O Homem Alto", Xisto atravessou mais oito salas, igualmente grandes e vazias, na última das quais encontrou seu amigo Glínio.

— Você? Que bom! — exclamou ele confortado, vendo o rosto feio, mas simpático, do pequeno minosita.

— Anão miserável! — berrou "O Homem Alto", dirigindo-se a Glínio com desprezo. — Você não tinha nada que fazer aqui... converse com esse idiota, enquanto Vorcex e eu vamos avisar "O Que Não Tem Sangue" de nossa chegada.

— Como vê — disse Glínio — cumpri minha promessa, senhor Xisto. Infelizmente, apesar de Rutus ter consentido em que eu assistisse à entrevista, não tenho poderes para livrá-lo da situação.

— Sua presença é um alívio para mim — falou Xisto.

— Coragem, amigo — acrescentou o anão. — Fique calmo e não se impressione com a escuridão do salão nobre. Em poucos minutos seus olhos se acostumarão, e lentamente irá surgindo uma pequena claridade que lhe permitirá ver Rutus.

Mal Glínio acabara de dizer isso, entrou "O Homem Alto" e introduziu Xisto num compartimento escuro e silencioso que lhe pareceu enorme. Enorme e escuro que nem breu.

— Aguardemos — disse o gigante.

Xisto estava emocionadíssimo: ali se achava "O Que Não Tem Sangue", a criatura diabólica e invulnerável, ávida do mal, e ansiosa pela conquista do Cosmos. . . Xisto ainda não lhe vira a forma, mas "captara" sua terrível PRESENÇA. Teve a mesma sensação que experimentava em sua infância, quando em noite sem lua se sentava na praia: não podia ver o mar, e nem lhe perceber os limites, mas o SENTIA a seu lado, negro, misterioso e profundo, poderoso como nunca! Alguns minutos se passaram, até que uma fraca luminosidade avermelhada começou a se espalhar pela sala. Então, aos olhos perplexos de Xisto, foi-se delineando, a princípio vagamente (como numa lente de binóculo mal focalizada), e depois um pouco mais nítida, a espantosa figura de Rutus sentado num trono que deveria ter mais de três metros de altura. Tratava-se de um ser horrendo, meio bicho, meio gente, vestido com um colete sem mangas e um saiote curto de cor prateada, deixando à mostra pernas e braços cobertos de pelos finos como os da lontra. As mãos, entretanto, eram humanas, e num dos dedos havia um anel no qual brilhava intensamente uma pedra vermelha de grande tamanho, parecendo um rubi. O rosto lembrava o de um inseto e era também coberto de pelos. O que arrepiou Xisto ainda mais foram os olhos de Rutus: eram múltiplos, complexos, compostos de centenas de pequeninos olhos. . . olhos de. . . besouro! E giravam rápida e constantemente em todas as direções emitindo faíscas. . . O homem da Terra e o monstro de Minos olharam-se por instantes.

— Enfim! — exclamou Rutus, com uma voz gutural, distante, como se fosse a de um eco saído de uma cisterna, depois de ricochetear na água do fundo!

Vorcex, estirado aos pés de seu dono, soltava pios, enquanto Glínio, mais minúsculo ainda, olhava apavorado para o monstro de Minos.

Xisto estava emocionadíssimo: ali se achava "O Que Não Tem Sangue", a criatura diabólica e invulnerável, ávida do mal.

— Aqui estou — disse Xisto, disfarçando o medo. — Que deseja de mim?

Com a mesma voz velada, de cisterna, Rutus falou, lentamente:

— Vamos... invadir a... Terra... e usar você... como... refém...

— Fui traído então — tornou Xisto, revoltado. — Quer dizer que meu sacrifício foi inútil? Por que me fez vir até aqui, em vez de atacar nosso planeta, simplesmente?

— Antes precisamos... arrancar... de você... certas informações... sobre ótica... e sobre... o minério... chamado... titânio...

— Não entendo — disse Xisto. — Glínio me contou que pelo "Ouvido Interplanetário" vocês aprenderam nossa língua e ficaram conhecendo nossos segredos.

"O Homem Alto" tomou a palavra:

— É que Rutus só descobriu a necessidade dessas informações depois que os "Terriks" estavam prontos, e sem esses detalhes nós não poderíamos atacar a Terra. Quando tentamos esclarecer o assunto através do "Ouvido Interplanetário", foi impossível. Além disso, sabemos que, graças ao prestígio que você, terrestre idiota, tem em seu planeta, nossa marcha sobre a Terra será vitoriosa, se o levarmos na frente, como refém...

— Tenho sede! Peço um copo de água... — suplicou Xisto, angustiado.

Rutus soltou uma gargalhada medonha, parecendo uma trovoada vagarosa.

— Só... se for... de... ÁGUA... PESADA... — disse ele com sua voz longínqua.

Uma súbita fraqueza tomou conta de Xisto.

— Ah! Se eu pudesse comer agora um pastelzinho de queijo... — exclamou ele.

— Pastéis... Pastéis?... Só se forem recheados de... URÂNIO... Ah! Ah! Ah!... — E continuou a dar gargalhadas que ainda mais retumbavam na fabulosa acústica do recinto fechado.

— Vocês não vão arrancar de mim nenhuma informação — disse Xisto, com firmeza.

O moço da Terra achou que o vampiro fosse atacá-lo, mas enganou-se: o morcego voou até outra sala e voltou carregando um bicho desconhecido, que colocou em frente de Rutus, mas bem distante deste. Então o senhor de Minos ergueu uma das mãos e apontou o dedo com o anel onde havia o que parecia um rubi, em direção ao animal. No mesmo instante, da pedra saiu uma luz vermelha e quente que, num segundo, desintegrou o bicho na frente de todos.

— O Raio da Morte — exclamou Xisto, reconhecendo o "aviso" que Rutus mandara a Nívea...

— Dá ou não dá as informações necessárias? — perguntou, rispidamente, "O Homem Alto".

— Não! — tornou Xisto.

— Traga-o... perto... de... mim... — ordenou Rutus, com a voz que, apesar de velada e distante, possuía tremendo poder de comando.

Xisto aproximou-se, de coração aos pulos.

— Toque... minha... mão... — ordenou Rutus.

Xisto assim o fez. — É gelada! — gritou ele, francamente aterrorizado.

— Traga... uma... faca... — pediu Rutus a Glínio.

Xisto, com os olhos esbugalhados, aguardava os acontecimentos.

— Corte... meu... pulso... — comandou o senhor de Minos.

O pequeno minosita, visivelmente contrariado, fez um ferimento profundo com a lâmina no antebraço do monstro.

Um líquido. . . ESBRANQUIÇADO. . . começou a escorrer. . . da. . . carne cortada.

Xisto soltou um grito de horror, Rutus realmente. . . NÃO TINHA SANGUE!. . .

A TERRÍVEL SALA

NESSE mesmo instante, o moço sentiu que estava sendo arrastado através de vários corredores metálicos e mal iluminados por luz baça e avermelhada. Ainda confuso, percebeu que a mão possante que o segurava era a de. . . "O Homem Alto". Assim foi indo, até que chegaram ao fim da galeria. Então, automaticamente, se abriu uma parede, que a Xisto pareceu de alumínio, e ele se viu dentro de um compartimento metálico cuja luz não era vermelha como a do salão de Rutus, mas sim arroxeada e meio fluorescente. Ali não havia propriamente chão, mas uma espécie de pântano artificial, "ornado" de plantas que lembravam samambaias, e cercado por uma estreita faixa de metal.

Bastante tonto, Xisto nem reparou nesses detalhes. Então "O Homem Alto" falou:

— Quando se decidir a prestar a Rutus as informações que ele deseja, bastará chamá-lo em voz alta. Em caso contrário, saiba que é feroz o apetite da. . . "coisa" que o espera.

Soltando uma risada, "O Homem Alto" afastou-se, enquanto o muro deslizava rapidamente atrás dele, deixando Xisto hermeticamente fechado, talvez para sempre, naquela sala. Ainda perturbado, ele sentou na estreita faixa metálica que cercava o pântano artificial, tentando ligar as ideias a fim de enfrentar a situação. Mas... que seria aquela forma enorme que se movimentava lentamente no outro extremo do brejo, e que sua visão, ainda confusa, não conseguia distinguir?

De repente tudo começou a rodar, a rodar. — Xisto! Xisto! — gritavam vozes em volumes e tons diversos. Parecia que centenas de pessoas o chamavam simultaneamente, cada qual de um lugar diferente. E, para agravar ainda mais a situação, o moço começou a ver sua própria imagem, ora rindo, ora chorando em qualquer lugar para onde olhasse, como se o teto, o chão e as paredes da sala fossem feitos com dezenas de espelhos. "Xi... i... i... isto!" chamavam vozes agudas e arrastadas. "Xisto! Xisto!" gemiam elas, cada vez mais altas e mais próximas...

Seria delírio, crise provocada por nervos tensos, ou apenas requintado estratagema de Rutus para apavorar o moço? No meio de tanto horror, Xisto ainda teve presença de espírito. Apalpou o peito, e num impulso subconsciente tirou o misterioso saquinho que sempre trazia escondido consigo. O pequeno aparelho radiotransmissor estava com sua faixa sintonizada para o planeta onde vivia Kibrusni, o menino invisível. Xisto apenas pôde pronunciar uma única palavra... Seu delírio aumentou e ele perdeu os sentidos.

* * *

Enquanto isso... graças aos processos científicos empregados pelo Sábio Atômico, em poucas horas a vida se normalizava em Nívea. As plantas brotavam com rapidez e as borboletas azuis desenvolviam-se em minutos apenas.

Súbito, o radar captou um aflito SOS vindo de Minos.

— A voz é de Xisto! Nosso amigo está em perigo! — exclamou o Sábio Atômico. Enfrentemos Rutus por ele! Não podemos perder um minuto... Talvez já seja tarde!

* * *

Xisto nunca soube quanto tempo ficou desacordado. Ao abrir os olhos, viu-se na mesma sala metálica em que "O Homem Alto" o jogara. O delírio (teria sido delírio mesmo?) passara. Mas... e aquela "forma" que permanecia no outro canto da sala? Então o moço notou que uma coisa parecendo uma dobradiça começou a se abrir lentamente, e se estendia em sua direção. Não havia mais dúvida; uma pinça descomunal preparava-se para atingi-lo. Animal ou engenho mecânico? As tenazes foram se aproximando, aproximando... e... quando já quase agarravam Xisto, este tirou rápido uma agulha de dentro do saquinho e fincou-a numa das "dobradiças". Não encontrando resistência, pois a "pinça" não era metálica mas sim de tecido vivo, o líquido que estava numa minúscula seringa pôde ser injetado. Num segundo, as tenazes, paralisadas pelo "curare" concentrado, amoleceram e despencaram-se no chão. Xisto não vencera a batalha, entretanto. Se a "pinça" fora provisoriamente anulada, lá estava o "resto", isto é, a perigosa larva, bem viva, se preparando para o ataque.

Xisto estudara entomologia e logo percebeu que o pequeno pântano artificial fora instalado dentro daquela sala para servir de "habitat" à monstruosa larva de... algum desconhecido inseto minosita que morava nele, e cujo tamanho e ferocidade haviam sido centuplicados por meios científicos artificiais, a fim de servirem aos propósitos malvados de Rutus! A injeção de "curare" fora insuficiente para matar o bicho que, saltando do brejo, veio avançando enfurecido em sua direção.

Começou então uma verdadeira perseguição dentro da pequena sala. Pobre Xisto! Corre daqui... corre dali... escorrega... levanta... cai outra vez... até que a larva conseguiu enfim envolver o moço. Xisto sentiu no rosto o hálito repugnante do animal e preparou-se para ser devorado. Mas, não. Inexplicavelmente, a boca voraz se tornou flácida e a larva foi amolecendo, amolecendo. Finalmente o "curare" acabara fazendo todo o seu efeito.

— O que virá depois disso, meu Deus? — pensou Xisto. Convinha agir rapidamente, pois o efeito da droga era de duração imprevisível: tanto podia demorar como acabar logo.

— Rutus! — gritou ele, em voz alta.

Imediatamente uma das paredes como que deslizou e surgiu "O Homem Alto", crente de que Xisto finalmente se decidira a revelar os segredos.

— Você magnetizou a larva, imbecil? — vociferou ele, ao ver o bicho paralisado. — Temos outros recursos, não pense que nos venceu.

Assim dizendo, empurrou Xisto pelo corredor metálico e parou em certo ponto.

— Atrás desta parede — disse ele — fica o Quarto dos Gases Letais. Ali adiante temos a Sala da Alta Contaminação, onde germens desconhecidos na Terra, de virulência superativada e tamanho mil vezes maior, provocam moléstias ignoradas em outros planetas.

— Por que não me atira aí dentro e acaba com isso de uma vez? — perguntou Xisto.

— Tudo depende das informações que você der a Rutus — tornou "O Homem Alto", continuando a empurrá-lo pelo corredor.

E assim foi indo até que chegaram ao "Salão Nobre". Mais horroroso do que nunca, "O Que Não Tem Sangue" boiava suspenso no ar, esticado em posição horizontal a uma altura de aproximadamente três metros do solo! Xisto, perplexo, compreendia cada vez menos aquilo tudo. Nisso entrou um outro gigante, pedindo a "O Homem Alto" que fosse consertar com urgência um enguiço qualquer no

"Ouvido Interplanetário". Ambos se afastaram, deixando Xisto sozinho com Rutus. Sozinho não, pois, à claridade avermelhada do salão, ele pôde distinguir a figura pequenina de Glínio, olhando assustado para o senhor de Minos.

— Meu amigo! — exclamou Xisto, reconfortado. — Que bom saber que você está aí.

— Silêncio! — ordenou a voz subterrânea, distante, mas imperiosa de Rutus, enquanto ele ia se abaixando lentamente até tocar o chão e voltar à posição normal em seu trono.

— Então... você... está ou não disposto a me... obedecer? Tem... cinco... minutos... segundo... o... critério... com que vocês... terrestres... marcam... o tempo — acrescentou o senhor de Minos, falando espaçadamente, sempre fazendo uma pausa entre uma palavra e outra.

E que cruel autoridade emanava daquela voz! Glínio atemorizado permanecia em silêncio... O que dizer? pensou Xisto. Que fazer? Apenas morrer em silêncio... Como que a procurar indireto apoio naquela atmosfera hostil, ele repetiu o gesto que tantas vezes fazia quando se sentia só, abandonado e saudoso da Terra: sacou do bolso o lenço impregnado de essência de feno e levou-o ao nariz. Então... então... de repente, o rapaz, num súbito impulso, tomou uma atitude que ninguém, nem ele próprio, jamais poderia prever... Tirou rapidamente, do saquinho que trazia no peito, um pedaço de pano e uma seringa de injeção, pulou para junto de Glínio, atirou o lenço com éter no nariz dele e... zás! introduziu a agulha no braço de seu amigo anão, que caiu desacordado. As consequências inacreditáveis desse pequeno gesto encheram o próprio Xisto de espanto... Quanto ao acontecimento banal que o levara a... "hibernar" Glínio com dose concentradíssima de narcótico, só no fim de nossa estória poderemos contar...

O SEGREDO DE "O QUE NÃO TEM SANGUE"

ESTUPEFATO, Xisto viu que Rutus, sem pronunciar uma palavra sequer, estrebuchava e sacudia desordenadamente os braços e pernas, como que desgovernado, e depois tombava para a frente, sendo imediatamente atraído para cima, ficando esticado e suspenso no... ar, boiando horizontalmente, tal e qual estava antes. As atenções do jovem, entretanto, voltaram-se para Glínio, que permanecia desacordado a seu lado. O organismo dos minositas, assim como o dos terrestres, era também sensível às drogas. De coração aos pulos, Xisto tirou novamente a seringa do saquinho que trouxera da Terra, encheu-a com certo líquido e, fazendo pontaria no pequenino braço de seu amigo Glínio, enfiou-lhe a agulha na carne. O efeito da droga — escopolamina — ou melhor, o "soro da verdade", foi espetacular. Iniciou-se então, entre o homem da Terra e o anão minosita, um diálogo violento e sensacional:

— Você é realmente meu amigo?

— Não! — respondeu Glínio, com voz firme e arrogante. (A droga que Xisto injetara no anão anulava o controle da vontade e ele se revelava tal qual era na realidade.)

— Você é amigo de... Rutus, então?

— Sou, isto é, sou amigo de... mim mesmo.

Estarrecido, Xisto começou a ter certeza de que sua intuição, e seu... palpite estavam dando certo.

— Mas você não é dos "bons", que sofreram irradiações de antiprótons para não crescerem?

— Não. Sou o Mau entre os Maus.

— Como se explica que não tenha virado gigante então?

— Eu... encruei... Meu crescimento, por qualquer deficiência orgânica, não foi adiante, apesar de minha genia-

O efeito da droga — escopolamina — ou melhor, o "soro da verdade", foi espetacular.

lidade maléfica e das sucessivas cargas de radioatividade aplicadas sobre mim.

— Quer dizer que aquela estória toda que você me contou sobre seu pai, *etecétera* e tal, é invenção sua?

— É.

Xisto, no auge do espanto, preparou-se para fazer a grande pergunta:

— Quem é Rutus, afinal? Monstro de outro planeta?

Glínio deu uma risada odiosa, e disse:

— Rutus nada mais é do que um produto... sintético fabricado pelo mais importante cientista minosita: "O Homem Alto".

— Como? Qual a ligação entre vocês três? Quero saber de tudo, tudo. O que existe nas veias de "O Que Não Tem Sangue", o famoso senhor de Minos?

— O senhor de Minos... sou eu!

Trêmulo, Xisto escutava a incrível explicação:

— Com minha inteligência supernormal, minha maldade, ousadia e feroz determinação — continuou Glínio — eu e meu amigo de infância, "O Homem Alto", planejamos dominar o Espaço cósmico até o último planeta. Tudo deveria começar por casa, entretanto, isto é, por Minos. Minha imaginação decidiu então aproveitar os conhecimentos de "O Homem Alto", e forjar o plano cujo resultado o senhor viu... Muito facilitou para isso o fato de meu crescimento, como já lhe disse, ter "encruado", o que me punha fora de qualquer suspeita, pois todos os minositas menos "O Homem Alto", que é meu cúmplice, julgavam que, se eu permanecera anão, é porque era dos bons. Seria necessário, entretanto, inventar alguma coisa aterrorizadora para dominar meus patrícios pelo medo. E foi aí então que entrou em cena "O Homem Alto", o único minosita a conhecer o segredo. Meu amigo cientista, depois de vários meses de experiências secretas, conseguiu criar um ser artificial, desenvolvido fora do corpo materno. O tronco, os braços, mãos e pés do monstro foram "organizados" com uma mistura à base de proteínas, enzimas, amoníaco e ácido nucléico. Uma pequena bomba aspirante substitui o coração, e, nas veias de Rutus, circula uma espécie de LÍQUOR baseado em "plâncton" marinho no qual foram dissolvidos sais minerais e substâncias semelhantes ao que na Terra vocês chamam de "fibrinogênio". Esse, digamos, "plasma" é distribuído pelos tecidos, alimentando-os e dando-lhes vida. Quanto à vista, "O Que Não Tem Sangue" possui olhos de inseto, com visão global e panorâmica.

— Mas como é que Rutus pensa e... fala? — indagou Xisto, fascinado e perplexo.

— Bem. O cérebro tornou-se o problema mais difícil. A matéria-prima veio de certo animal de Minos, desconhecido na Terra e de inteligência acima do normal. O resultado, entretanto, apresentou algumas falhas. Por exemplo, a parte motora, relativa aos músculos, funciona sem precisão e tem de ser comandada à distância, pois o cérebro que conseguimos é bastante elementar. A parte relativa ao recebimento e transmissão de sensações e impulsos é desenvolvidíssima.

— Telepatia? — perguntou Xisto.

— Exatamente. A zona de captação telepática de Rutus é perfeita, se bem que sejam atrofiadas as da fala e do raciocínio.

— Como se explica que ele... converse, então?

— O pequeno Glínio... fala por ele.

— Mas... como? E além de tudo, sua voz é... diferente...

— É que nasci... ventríloquo, e quando falo por... Rutus, uso essa voz interna, proveniente do meu... estômago. O cérebro de "O Que Não Tem Sangue" é comandado pelo meu, que lhe envia ordens telepáticas — continuou Glínio. — Como vê, o tal Rutus... SOU EU!...

Perturbado, Xisto ainda teve coragem de olhar para o monstro de Minos, que continuava boiando solto.

— O que é aquilo? — perguntou ele.

— Rutus está numa zona antigravitacional da sala, na qual a força da gravidade foi artificialmente anulada. Todos os habitantes deste planeta dormem ou repousam desse modo. É essa a. . . cama de todos os minositas.

— E os gigantes de Minos, os maus, conhecem essa estória toda?

— Absolutamente não. Apenas "O Homem Alto", como já lhe disse, sabe o segredo. Os outros pensam que Rutus é um malvado e plenipotente ser interplanetário, aminossado em consequência de uma explosão nuclear.

— E o Raio da Morte?

— No dedo de Rutus coloquei um anel no qual há um cristal de rubi puríssimo com um pequeno furo. Estimulado eletricamente, o rubi emite uma energia luminosa de grande potência na destruição.

— Que "fripalta" mais desgraçado! — pensou Xisto consigo mesmo. — E que bobo eu fui em confiar no anãozinho que se dizia "seu amigo, o pequeno Glínio". . . Que fazer agora? Matá-lo ali mesmo? Mas como, se Glínio, assim como todos os minositas, usa o camisolão nuclear, que só lhe deixa os braços livres, e lhes cria o campo magnético protetor?

Fora tão rápida, surpreendente e perturbadora a cena que, francamente, Xisto não tivera ainda calma nem tempo para ordenar as ideias e decidir como agir. . . Os acontecimentos se precipitaram, entretanto. A parede deslizou e Vorcex entrou, piando sem parar. Nesse mesmo instante, um ruído, como o de um baque, fez com que Xisto olhasse na direção de Rutus. "O Que Não Tem Sangue" acabava de tombar pesadamente no chão, sacudindo desordenadamente as mãos. Estaria se aprofundando, ou. . . terminando o efeito da droga, a narcose de Glínio?

— Gruschsn! Repklw! — berrou o anão, voltando a si e xingando palavrões, ao perceber o logro em que caíra.

— Ao Raio da Morte!... Ao Raio da Morte! — repetia ele.

Então... então... antes que Glínio chegasse até Rutus, o anel que se achava no dedo do monstro saiu voando sozinho, ziguezagueando pra lá e pra cá, enquanto que, solto no vazio, um pequeno capacete circulava pelo ar acompanhando o anel. O anão, desvairado, saiu a persegui-los e, mal rumava na direção deles, o capacete e a joia mortífera desviavam de rumo.

De olhos arregalados e respiração suspensa, Xisto acompanhava a inexplicável caçada, sem entender nada. A certo momento ele ouviu uma risadinha de criança, e soltou um grito:

— Kibrusni! — exclamou, percebendo a presença e a atuação do menino invisível.

Sim, pois fora seu pequeno amigo de Nívea que (aproveitando-se da confusão e do fato de não ser visto) corajosamente tirara o anel com o rubi mortífero do dedo de Rutus. O apelo de Xisto fora ouvido. Os amigos de Nívea haviam vindo em seu auxílio! Mas... por onde andariam Bruzo e o Sábio Atômico? Como que se aproveitando da parede que permanecia aberta, o anel e o capacete, sempre pairando sozinhos no ar... desapareceram pelo corredor adentro. Antes que Glínio saísse a persegui-los, uma coisa inesperada sucedeu: o cérebro de Rutus, "desocupado" graças à ausência das ordens de Glínio, que estivera hibernado, insensivelmente passou a ser comandado pelo instinto de... Vorcex. "O Que Não Tem Sangue" começou a sacudir os braços como se estes fossem asas, e a emitir ridículos pios... Dir-se-ia que a personalidade do vampiro havia se transferido para ele. E fora realmente isso o que sucedera. Então, sem mais nem menos, Rutus, com bestial violência, saltou em cima de Glínio, atacando-o pela cabeça e iniciando com ele uma luta feroz e emocionante que durou vários minutos. Xisto não se conteve, e, vencendo o pânico, deu um salto em direção aos dois, tentando atingi-los com socos e pontapés. Finalmente o monstro acabou destruindo seu próprio idealizador. Então, Rutus pulou na garupa de Vorcex, que, por sua vez, segurou o corpo, já sem vida, de Glínio e saiu voando com ele pelo corredor adentro. A batalha ainda estava longe de ser ganha. Como dar cabo do monstro e do vampiro? E ainda havia outras coisas a vencer. Os gigantes minositas, "O Homem Alto", por exemplo. . . Iria o cientista de Minos encontrar-se frente a frente com o Sábio de Nívea?

XISTO AGONIZA

PARALISADO por tantas emoções, Xisto ficou algum tempo sozinho na sala, ainda sem saber o que fazer. Pouco depois viu aproximar-se um vulto alto, vestido com uma túnica vermelha, tendo um capacete vítreo enfiado na cabeça. A criatura se achava certamente preparada para suportar a atmosfera pesada do planeta, e não era outra senão o Sábio Atômico. Um silvo estridente, lembrando sinal de alarme geral foi escutado, e Xisto mal teve tempo de trocar rápidas palavras com seu amigo de Nívea.

— Aqui estamos! — exclamou ele. — Kibrusni já me entregou o Raio da Morte. Se sairmos vivos, quero estudá-lo a fim de ser utilizado construtivamente. Fujamos o mais rápido possível!

— Mas como chegou até o antro de Rutus, meu amigo? — perguntou Xisto, aflito.

— Concentrei-me, e meu sexto sentido fez o resto. Depressa! — insistiu o Sábio. Saiamos o quanto antes, pois o perigo nos cerca de todos os lados... O tempo é curto.

Mal disse isto, eis que entra o tenebroso "O Homem Alto", com o rosto transtornado pelo ódio. Os dois sábios olharam-se fixamente face a face, cada qual protegido contra o outro pelos próprios campos magnéticos, artificialmente obtidos por trajes apropriados. Nos olhos pequeninos e enfiados nas órbitas do cientista de Minos, havia raiva, desafio, maldade; nos do sábio de Nívea, espanto e um dó profundo por aquela inteligência tão grande desperdiçada e dirigida para o mal. Ao entrar na sala e perceber a ausência de Glínio e de Rutus, "O Homem Alto" avançou para Xisto e dominou-o facilmente.

— À cabina do reator nuclear! — exclamou ele, desvairado. — Uma nuvem radioativa envolverá e cauterizará a medula do osso vital que fabrica o sangue e, em pouco tempo, terrestre cretino, suas células brancas estarão destruídas! E daí para a morte é apenas um passo.

Xisto ainda teve calma para arrancar rapidamente um pequeno vidro do saquinho que trazia no peito, e de atirá-lo ao Sábio Atômico, gritando, apressado:

— Abra o vidro depressa e deixe o conteúdo se espalhar pelo ar! Se der certo, procure os anões na "Cidade Baixa", e diga-lhes que fujam nos "Terriks" para o satélite de Minos, que é desabitado.

Grosseira e estupidamente, "O Homem Alto" arrastou Xisto e empurrou-o para a tal cabina do reator. A parede abriu-se eletronicamente e fechou-se do mesmo jeito. Então o cientista de Minos estendeu os compridos braços em direção a uma espécie de comutador, que havia na parede do lado de fora. Mal pôde tocá-lo pois duas fortes tenazes o agarraram pela cintura (o Sábio Atômico conseguira disfarçadamente anular o campo magnético protetor de "O Homem Alto").

— Bandido!... — gritou o dono dos braços que haviam segurado o minosita. Bruzo, com sua força assombrosa, conseguira atenuar o gesto de "O Homem Alto" que tentara pôr o reator em funcionamento. Aliás, este obtivera em parte o seu intento, pois, do lado de fora, podia-se ouvir o ruído dos "contadores", oscilando agitadamente e acusando radioatividade. Outros gigantes vieram chegando e uma luta terrível e desigual teve lugar, enquanto, derrubado por violento soco de Bruzo, "O Homem Alto", permanecia desacordado no chão. Num esforço supremo, o Sábio Atômico conseguiu aproximar-se do comutador, fazendo uma rápida manobra para isolar o reator. O ruído cessou... infelizmente tarde demais... Os raios gama, as partículas beta e os nêutrons já deveriam ter dado cabo do pobre Xisto. A parede metálica deslizou, e uma fumaça da qual se desprendia forte cheiro de ozônio se espalhou pelo ar. Desmaiado, fora de si, Xisto jazia no chão.

— Bruzo — gritou aflito o Sábio Atômico. — Carregue seu Chefe até nossa cápsula fotônica! Rápido! Kibrusni, meu filho, siga-o! Deixem os gigantes por minha conta.

O tumulto era cada vez maior. Centenas de crianças feias e altíssimas, recrutadas pelo alarme de "O Homem Alto" chegavam por todos os lados. Isolado pelo próprio campo magnético, o Sábio Atômico de Nívea esforçava-se por aguentar a situação, apesar de sabê-la insustentável, pois sua proteção tinha um raio limitado. Uma coisa esquisita sucedeu então: os gigantes começaram a uivar, descontrolados, enquanto de seus olhos, enfiados no fundo das órbitas, principiava a sair uma substância purulenta. Parecia que não estavam enxergando nada, pois esbarravam uns nos outros, berrando e se insultando mutuamente. Que teria acontecido? Não demorou muito e todos brigavam entre si, fazendo muito barulho. Aproveitando-se da situação que ele mesmo não sabia explicar, pois apenas seguira as instruções de Xisto, o Sábio Atômico correu para fora e saiu como louco, esforçando-se por correr, o que lhe era difícil, devido à pesada gravidade de Minos que o atraía para o chão. Mas. . . onde achar os tais anões? E por que razão salvá-los? O sexto sentido, que o pai de Kibrusni possuía tão aguçado, lhe fizera adivinhar, entretanto, que os pequenos minositas deveriam ser diferentes dos altos. Xisto explicaria tudo mais tarde, caso conseguisse sobreviver às irradiações letais. Sem saber ao certo o que fazer para chegar até os anões, o Sábio viu, ao sair do antro de Rutus, uma concha metálica solta no ar. Sua intuição e seus conhecimentos científicos permitiram-lhe perceber que era aquele o veículo minosita. Não lhe foi difícil, pois, acioná-lo e rumar para a "Cidade Baixa", onde logo encontrou uma jovem anã, metida num feio camisolão nuclear. O Sábio fez parar o carro e desceu. Ao ver aquele homem louro, alto e diferente, vestido com uma túnica vermelha e tendo a bela cabeça enfiada num capacete, a mulher parou, estupefata. Logo vieram outros anões, que rodearam, admirados, o visitante de outro planeta. Não havia tempo a perder. Dirigindo-se ao que pressentiu ser o mais receptivo, repetiu a recomendação de Xisto em relação aos "Terriks". A ordem foi compreendida, pois o pai de Kibrusni assimilara rapidamente de Xisto a linguagem terrestre que, por sua vez, era conhecida dos minositas, através do "Ouvido Interplanetário". O destino resolvera outra coisa, entretanto. A luta entre os gigantes prosseguia cada vez mais violenta. Em dado momento, um daqueles homenzarrões começou a arquejar, enquanto de seu rosto marejava abundante suor. Foi indo. . . foi indo. . . até que, de repente. . . bumba! O gigante caiu estatelado no chão, mortinho da silva. . . O mesmo sucedeu a outro, depois outro e mais outro, até que os homens maus de Minos, um a um foram caindo no chão, mortos. O ódio concentrado e que explodira com violência alterara profundamente o funcionamento das glândulas suprarrenais, provocando uma série de perturbações que acabaram matando o pessoal todo. A coisa aconteceu como uma espécie de reação atômica em cadeia, que atingiu o planeta inteiro inclusive as "crianças do mal", que foram perdendo a vida, cegadas pelo tracoma e vitimadas pelos distúrbios glandulares. Minos, finalmente, iria pertencer aos anões da "Cidade Baixa", em cuja atmosfera purificada por bons fluidos, os germens do tracoma não se desenvolveram. O Sábio, voando na concha metálica, atravessou a "Cidade Alta" o mais depressa possível. E foi com um suspiro de alívio que ele viu, ao longe, a cápsula fotônica que o levara a Minos. Já lá estavam Kibrusni e Bruzo. Estendido no chão da nave, Xisto, quase agonizante, parecia um trapo de pano. . .

— Papai — disse a voz de Kibrusni — o menino invisível. Será que ele vai morrer?

— Só Deus sabe — tornou o Sábio, colocando a mão na testa do rapaz que, lívido, parecia alheio a tudo. — Qualquer vírus que lhe penetre no organismo encontrará campo fácil, pois a resistência de nosso amigo se tornou nula. Leucemias provocadas por irradiações atômicas costumam ser mortais. De qualquer modo, tentaremos injetar-lhe medula óssea e fazer uma cura eletromagnética — acrescentou o Sábio, colocando novamente as mãos na cabeça de Xisto. Alguns minutos mais e a cápsula fotônica foi posta a funcionar. Mas. . . ai! Mal a astronave abandonou aquele mundo de maldade, os viajantes notaram que o navio cósmico sofria solavancos e adernava ligeiramente. Pela vigia, então, o Sábio viu uma coisa que o estarreceu: Vorcex, cavalgado por. . . Rutus, e guiado pelo seu "sonar", seguira ao encalço da cápsula e investia contra ela, tentando derrubá-la. . . E era um espetáculo espantoso, aquela enorme forma negra, tendo em cima uma protuberância metálica, a atacar a astronave em seus primeiros segundos de voo. Com os motores em sua velocidade máxima, o Sábio procurou livrar a cápsula do campo gravitacional de Minos, antes que o Vampiro e o Monstro conseguissem o seu intento. Já era quase dia, o sol principiava a nascer. Um segundo mais e. . . pronto! Vorcex, num "piquet" mortal, despencou-se pelo céu abaixo... enquanto o corpo do senhor de Minos se desintegrava no Espaço...

— Deus seja louvado! — exclamou o Sábio.

Durante a viagem entre Minos e Nívea, o estado de Xisto continuou gravíssimo. Bruzo começou a chorar como bebê novo, dizendo que seu amo nunca mais iria poder comer pastéis de queijo. Tinham pressa de chegar e o pai de Kibrusni imprimiu toda a velocidade à cápsula fotônica. Por sorte, a não ser uma pequena chuva de meteoritos, não surgiram maiores obstáculos no espaço interplanetário. De repente, sem ninguém saber como e nem por quê, uma sombra pequenina e vaga começou a se formar dentro da nave... Que seria aquilo? — Kibrusni! — gritou o Sábio Atômico, de repente. Mas... não era possível! Não havia dúvida, entretanto. Por qualquer fenômeno desconhecido relacionado com a atmosfera de Minos, seu filho parecia estar recuperando lentamente a "visibilidade". E aos poucos a silhueta foi se delineando, como que envolta em brumas. Estavam chegando em Nívea. Com especiais cuidados (o movimento poderia ser fatal), Xisto, inconsciente, foi transportado para um lugar isolado que chamaríamos de hospital. Lá fora tudo renascia com exuberância. Mais azuis do que nunca, as grandes borboletas azuis voavam, de um lado para outro, e as flores como que explodiam em espantosa e colorida vitalidade. Mas... e Kibrusni? Cada dia sua silhueta, antes apenas esboçada, se firmava um pouquinho mais. Recuperaria ele, finalmente, a forma antiga? E Xisto? O Sábio reunira os cientistas niveanos dedicados à Medicina, e pedia-lhes que examinassem o agonizante. O moço absorvera cerca de mil unidades radioativas e o exame revelou que o número de células brancas — reduzidas a 30 por milímetro cúbico — diminuía gradativamente. Os cabelos haviam caído, e Xisto parecia mergulhado em profundo ataque de letargia. O único tratamento seria injetar-lhe doses concentradas de medula óssea com células fabricadoras de sangue em periódicos enxertos. Bruzo se ofereceu, mas não bastava um só doador. Então aconteceu no planeta o que nunca antes sucedera: os niveanos começaram a brigar entre si, porque todos queriam ter o privilégio de contribuir com um pouco de si mesmos para o salvamento do amigo terrestre. O Sábio Atômico decidiu bem a questão: ordenou que fosse injetada em Xisto uma espécie de plasma feito com uma mistura da medula óssea retirada de um por um, de todos os niveanos. O planeta inteiro foi rapidamente mobilizado, sendo logo iniciado o tratamento. Na terceira dose Xisto abriu os olhos, na quinta sorriu, na sexta começou a falar e na décima... pediu um pastel de queijo. Estava curado!

A silhueta de Kibrusni cada dia aparecia ligeiramente mais nítida. Já se podia perceber o contorno do corpo e da cabecinha de cabelos cacheados. Dir-se-ia, entretanto, que apenas a contraparte etérea da criança estava se tornando visível. Sem saber como explicar o inesperado e gradativo retorno de seu filho à forma humana, o Sábio Atômico deixou para estudar o fenômeno depois da volta de Xisto para a Terra.

Quanto ao acontecimento banal que fizera Xisto descobrir o segredo de Rutus... isso fica para ser contado depois.

ALERGIA APENAS

OS médicos de Nívea acharam prudente que Xisto ficasse ainda alguns dias em completo repouso antes de voltar à Terra. E o Sábio Atômico, apesar de sua imensa curiosidade, evitou tocar em qualquer assunto relacionado com

Minos. E era tudo tão lindo, alegre e harmonioso em Nívea que o moço viveu ali alguns dos mais felizes dias de sua vida.

Até uma bonita namorada ele arranjou. Xisto ficava tão perturbado quando estava com a charmosa niveana que seu coração disparava a ponto de quase saltar para fora. Foi um romance breve cuja lembrança Xisto guardava secretamente. Chegou, finalmente, o momento de pensar na volta.

— Explique-nos, Xisto, algumas coisas que não ficaram bem claras — pediu o Sábio Atômico. — Antes de mais nada, quem era Rutus, e que havia em suas veias em vez de sangue?

A explicação de Xisto estarreceu o niveano:

— Tanta sapiência desperdiçada... — exclamou ele, referindo-se a Glínio e a "O Homem Alto". — E que havia no vidrinho, cujo conteúdo espalhado no ar provocou tanta confusão entre os gigantes minositas?

— Germens de uma moléstia que ataca os olhos. Mas... devo antes lhe explicar o seguinte: desde o segundo aviso de Rutus, desconfiei que a parte ótica de Minos deveria ser fraca em relação à auditiva, que nos parecia desenvolvidíssima.

— Por quê?

— Meus amigos, os sábios Protônius e Van-Van descobriram que nossa conversa era escutada e... compreendida em Minos, aliás como verifiquei pessoalmente, mais tarde, quando estive naquele planeta. Receávamos, entretanto, que eles possuíssem telescópios avançadíssimos que lhes permitissem observar, através do Espaço, tudo o que nós fazíamos. Ao chegar, pelo radar, o segundo aviso que Rutus nos mandou, à véspera de minha partida para Minos, verificamos que nossos inimigos espaciais não possuíam instrumentos de ótica tão aperfeiçoados como os de acústica, pois a mensagem ameaçadora era exatamente igual à primeira, o que provava claramente que eles NÃO HAVIAM VISTO a construção de minha cosmonave e nem os outros preparativos para a viagem espacial. Com esse detalhe, eu já possuía um trunfo contra o ponto fraco do inimigo, e decidi tirar proveito disso: pedi ao professor Van-Van que me obtivesse uma dose concentrada de germens de... tracoma, moléstia que, em meu planeta, ataca a vista, podendo até provocar cegueira, caso não seja bem tratada. Ao chegar a Minos, vi confirmado nosso pressentimento: os minositas possuíam olhos embaçados, miúdos, sujeitos a rápida e fácil contaminação. A radioatividade espalhada pelo ar do planeta fez o resto. Aí está, pois, a explicação do que aconteceu na Sala de Rutus com os gigantes minositas. O tracoma deve tê-los cegado, e o ódio a estas horas certamente terá desencadeado entre eles a mútua destruição.

— Mas... como descobriu que o tal Glínio, tão bonzinho, era o "cérebro" que comandava... Rutus?

— Desconfiei disso por causa de um... espirro, vocês acreditam?

— É boa, essa! — exclamou Bruzo, que, fascinado, ouvia a conversa.

— Um espirro? Mas como? — perguntou o pai de Kibrusni.

— Graças a isto — começou Xisto, enfiando as mãos nos bolsos e retirando de dentro o lenço encharcado de essência de feno.

— Que tem uma coisa a ver com a outra?

— Bem — continuou o moço. — Logo que aminossei e encontrei Glínio, tirei, em certo momento, esse paninho impregnado daquele cheiro que tanto me lembrava a querida Terra. Na mesma hora o anão minosita começou a... espirrar sem parar, com um acesso de asma. Percebi então, claramente, que Glínio era... alérgico ao cheiro de feno.

Essa descoberta — à qual, no momento não dei a menor importância — confirmou-se noutras ocasiões. Todas as vezes em que eu aspirava o lenço perto dele a mesma coisa se repetia: Glínio começava a espirrar e a arquejar. Como disse, aquele cheiro, que eu gostava de sentir em meus momentos de solidão ou aflição, me fazia bem e me dava novas forças. Ora, aconteceu que, por duas vezes — primeiro quando conheci Rutus, e depois naquele instante crucial em que me achava sozinho com o senhor de Minos e Glínio — instintivamente retirei o lenço e o cheirei. Isto aconteceu no exato momento em que "O Que Não Tem Sangue", com aquela voz de fundo de cisterna, me ameaçou, dando cinco minutos para que eu cedesse às suas exigências. Foi então que de repente... simultaneamente a Glínio, o próprio Rutus começou a espirrar e a arquejar, com o... MESMO acesso de asma do... anão! Quando isso aconteceu pela segunda vez, tive num instante, rápida mas violenta intuição de que entre o anão e ele havia um laço íntimo, quase uma simbiose. Sem raciocinar, num inexplicável impulso, retirei do bolso uma seringa já preparada e contendo certa droga hipnótica, que injetei no braço de Glínio, para hiberná-lo.

— Mas — perguntou Bruzo — como pôde se aproximar do anão, tendo ele um campo magnético protetor? E como conseguiu lhe dar injeção através do camisolão nuclear?

— Não se esqueçam de que Glínio era minúsculo e de que seu campo magnético estava em correspondência com o tamanho dele. Além disso, usei uma agulha à prova de radioatividade e que possuía um dispositivo que permitia alongá-la até a distância de um metro. Não foi difícil atingi-lo, pois os camisolões nucleares usados pelos minositas, por serem muito pesados, não tinham mangas, a fim de deixarem os movimentos livres. Mas... vou continuar a contar: mal vi que Glínio se achava, digamos narcotizado, apliquei-lhe uma dose forte de Escopolamina, também chamada o "soro da verdade". Minha intuitiva providência deu certo: Glínio mandava ordens telepáticas a Rutus, e falava por ele! Em resumo: ambos eram uma única e mesma pessoa.

— Xisto, você é mesmo um cara superlegal! — gritou Bruzo, no auge do entusiasmo.

Depois de ouvir outros detalhes da vertiginosa passagem de Xisto por Minos, o Sábio Atômico lhe disse:

— Sua coragem e inteligência conquistaram os niveanos para sempre! Por duas vezes nos salvou as vidas! E não foi só: libertou o Espaço cósmico de seu maior inimigo...

— Papai, quero ir para a Terra com Xisto, você deixa? — disse Kibrusni, que ouvira, maravilhado, a narração de seu amigo terrestre.

— Você tem coisas a fazer em Nívea — respondeu o Sábio Atômico. — Não gostaria, por exemplo, de estudar, com experiência própria, a invisibilidade dos seres vivos? Um dia, mais tarde, quem sabe se você vai à Terra lhe fazer uma visita?

O radar de Nívea expediu um aviso à Terra, comunicando o regresso do jovem herói. As despedidas dos niveanos foram emocionantes. Levando sementes de plantas, e uma infinidade de amostras de minérios e de outras coisas, Xisto embarcou na cápsula fotônica em companhia de Bruzo, Kibrusni — ainda uma sombra apenas — e do Sábio Atômico, que dirigiu a cápsula fotônica. O encontro com alguns planetas anões e certos fenômenos magnéticos, provocados por manchas solares, marcaram a viagem de Nívea à Terra, agora bem mais rápida. Ao se aproximarem do planeta, o Sábio Atômico pediu desculpas por não poder sair da cosmonave, pois deveria voltar imediatamente. Um trabalho urgente o aguardava em Nívea e a visita ficaria para um futuro próximo. Combinaram, entretanto, um intercâmbio permanente, através do radar.

— Um dia — disse o Sábio — os seres interplanetários ajudar-se-ão mutuamente, compreendendo que somos todos irmãos.

Chegou a hora dos adeuses. Ao olhar para Kibrusni, Xisto percebeu, maravilhado, que pouco faltava para que a criança recuperasse totalmente a forma visível. O espetáculo era tão belo e comovente que lágrimas lhe desceram pelo rosto. Dois olhos azulados e luminosos, impregnados de sonho e inocência, fitavam-no, como que envoltos em neblina. E Xisto pôde divisar, ainda diluída, a cor dourada dos cabelos de Kibrusni.

A cápsula fotônica pousou finalmente. A criança e o Sábio Atômico colocaram os capacetes espaciais a fim de que seus pulmões, ainda que por minutos apenas, não aspirassem a atmosfera da Terra, à qual não estavam habituados. Ao abrir-se a porta da cosmonave, os dois niveanos chegaram até a saída e fizeram um amplo e afetuoso gesto de cumprimento à multidão que os esperava.

— Viva Xisto! Viva Nívea! — gritaram os terrestres. E a barulhada foi tanta que quase todos ficaram tontos e surdos. E muitos não sabiam se abraçavam o pálido, calvo e jovem herói recém-chegado, ou se olhavam para o céu, acompanhando a cápsula niveana que, rápida, rumava para o Espaço.

— Formidoloso! — exclamou Van-Van, entrando imediatamente em estado de faniquito.

Protônius, de tão emocionado, perdeu completamente a fala. E o relato que Xisto fez ao povo, de suas aventuras, demorou nada mais, nada menos, do que... uma semana.

É que o Professor Van-Van, a cada trecho mais empolgante... bumba!... caía no chão desacordado. E Xisto,

— Um dia — disse o Sábio — os seres interplanetários ajudar-se-ão mutuamente.

gratíssimo ao sábio que construíra sua cosmonave, esperava sempre que o desmaio passasse para continuar o relato. Não queria que uma palavra sequer fosse pronunciada sobre o assunto sem que Van-Van a ouvisse "em primeira mão".

Outra coisa ainda: sentindo que seu cabelo recomeçava a nascer, Xisto correu atrás de um espelho. Ao ver sua imagem refletida, sorriu, satisfeito: uma delicada peninha amarela começava a nascer bem no meio do antigo topete... [1]

---

[1] Ver *Aventuras de Xisto*.